豪華客船の夜に抱かれて

CROSS NOVELS

日向唯稀

NOVEL:Yuki Hyuga

明神　翼

ILLUST:Tsubasa Myohjin

CONTENTS

CROSS NOVELS

CONTENTS

日向唯稀

Illustration 明神 翼

CROSS NOVELS

プロローグ

それは夢にまで見た再会だった――。

「お帰り、桜（さくら）。帰ってきてくれて嬉しいよ」

東京、北品川。

派遣事務所として使っているマンションの一室で、大げさに両手を広げる仕草と軽快な口調で桜享秀（たかひで）を迎えてくれたのは、香山配膳（かやまはいぜん）社長・香山晃（かやまあきら）だった。

スラリと伸びた長身に均整の取れた肢体、美しく整った顔立ちとコミュニケーション能力の高さは、サービス業界内で有名だ。二十代の頃には〝着飾った新婦よりも美しい配膳人〟の異名で知られ、三十代になってからは〝黒服の美男神（びだんしん）〟とあだ名されて、そうとは見えない四十代へ突入した今も、これが不動の通り名になっている。

求められるサービスを常に提供し続け、国内外のセレブに愛されている彼には、これ以上ふさわしい呼び名がないのかもしれない。

香山配膳に転職する前の職場で、〝婚約クラッシャー〟という不名誉な異名を持っていた桜からすると、まさに〝サービス業界の神〟だ。こうして面と向かっただけで鼓動が高鳴る。

「本当ですか？」

二十歳を超えてすでに七年が経つが、学生のように声が弾んだ。

その一方で、浮き立つ気持ちとは反比例を起こす感情が湧き起こる。

「本当だよ。いきなりクルージングリゾートの派遣を希望されたときには、どれほど驚いたか。難しい依頼内容だったから、桜なら安心して出せたけど。俺としては、うちのメンバーの先陣を切って都内を回ってほしい時期だったから、青天の霹靂だった」

「お世辞でもなく？」

「俺が桜に嘘をついたり、世辞を言う必要はないだろう？」

「でも、それは社員の一人としてですよね。俺個人に対してではないですよね」

――それの何が不満なんだ⁉

自問自答に明け暮れた時間を、いったいどれほど過ごしただろう。

職場で芽生えた尊敬が心酔に変わり、それがいつの間にか説明のつかないトキメキを生むようになり、更には覚えのない高揚に変わっていった。

この感情を言葉にするなら、たった一言「恋」しかなかった。

だが、香山はカリスマ社長で、桜は百人を軽く超える登録社員のうちの一人でしかなくて。桜は香山への思いが強くなるにつれて、逃げ腰になっていたところもあった。

それこそ相手が同性だからというような理由ではなく、強く熱くなる思いと同じほどの恐れ多さや、自身の貪欲さへの自己嫌悪があったのだ。今もそれは変わらない。

そのため、彼から仕事だけを評価されても、心から喜ぶことができない。不満とは違うが、自身の中にある満たされない思いが、本来なら得られるはずの幸福感まで削いでしまう。

「桜」

香山が困ったように笑った。

伸ばした両手で桜の肩を抱き寄せ、耳元に唇を寄せてくる。

（え⁉）

「そんなことはない。ずっと会えなくて寂しかった。一個人に戻ったときの香山晃としても」

「社長？」

――幻聴、妄想の類いだろうか？

銀のサーバーさえアクセサリーのように見せてしまう繊細な手が、抱き寄せた肩から離れると、ふわりとサイドに流れる桜の髪を撫でた。

（しゃ、社長が撫でてくれた。しかも、頭ポンポン付き）

胸がきゅん――どころの騒ぎではない。

桜の心臓はバクバクだ。全身がフリーズしている自覚があるのに、これだけが活動的すぎて口から飛び出してくるのではないかと怖くなる。

いい年の男がこんなことでどうするんだ⁉　と考える余地さえない。

「晃でいいよ。こんなときに〝社長〟なんて、セクハラみたいじゃないか」

「社長」

下肢から力が抜けて、腰から砕けるようになってしまった。

今にも崩れそうになっている身体を、香山の両腕が支えてくれる。

「あきら……さん」

——これって抱かれてる？

かつてない幸福な自問に自答ができない。

大好きな人に抱かれているんだと確信すること自体が、おこがましい気がして——。

すると、香山が左腕一本で桜を支えて、右手の親指で唇をなぞってきた。

体格は大差ないのに、どれほど重くなったトレンチやスープボウルでも、ぶれることなくキープする左の腕力とバランス力は格別だ。唇をなぞる指の動きもセクシーで、右から左へ辿ったと同時に上げられた口角には、溜息さえ出ない。

一瞬、息が止まる。

「唇が震えてる」

「あ、晃さんの指だって」

どうにか返事をすることで、呼吸が成り立つ。

「本当か？　桜がそう感じてるだけだろう」

「俺がここで、晃さんに嘘をつく必要がありますか？」

思いきって、彼を見つめて笑ってみた。

気取った台詞を選んでみたが、唇どころか声も震えている。

——これじゃあ生娘と変わらないじゃないか！

そうは思っても、どうしようもない。

香山はすべてをお見通しなのか、ここへ来てクスっと鼻で笑う。

「こいつ——。なら、こういうときにこそ嘘をつけ」

いっそう強く抱きしめられ、からかうように言われて桜は今一度固まった。

——さらりとこんな台詞が出る人だったんだ。

もはや下肢どころか、肩から背骨までも脱力してしまう。

「〝やっぱり俺が震えてます。あなたのことが好きすぎて〟って」

スッと伸びた歪みのない鼻筋に、目を奪う美麗（びれい）な唇。そこから発せられた甘美な要求は、ワインを語るソムリエの饒舌（じょうぜつ）さに勝（まさ）るとも劣らない。

「〝唇も睫（まつげ）も指先も——。毛先も爪の先も何もかも……。俺のすべてが晃さんを好きすぎて、こうして震えて……、止まらないんです〟って」

——本当にそのまま言ってしまっていいのだろうか？

桜は戸惑（とまど）いながらも、言葉にしたら何かが変わる。きっと、次の瞬間から至福のひとときに身を置くことになると予感し、かろうじて力の入る両腕を香山に向けた。

「晃さん」

「桜」

彼の首に手を回して肩に絡めると、顔が近づいて唇が寄せられた。

「やっぱり恋人がいたのか」

すると、桜の耳に冷たく放たれた声がした。

「へ？」

「いないなんて言って。嘘つき」

まったく意味がわからない。

そもそもどうして彼がここに⁉

「え⁉　ちょっ、まっ！　八神様っ。八神様！」

困惑するまま桜の時間が止まった。

そして、抱かれた身体が撓ると同時に、背中から崩れ落ちる。

＊＊＊

——ドサッ！

困惑の中で、桜は首の根元から背中にかけて強い衝撃を受けた。

「痛っ。え？　何、どうして……八神さ……ま？」

意識がはっきりしたときには、両手で丸め抱えた羽布団の下敷きになっている。

しがみついた相手の正体も、落ちた瞬間の痛みの原因も今ならはっきりわかる。あれは夢にまで見た再会ではなく、再会を夢に見ただけ。それも、大妄想かつイレギュラーなゲスト付きだ。

「嘘だろう。存在も声も生々しかったのに。そもそもあんなにはっきりした夢って、見られるものか？　というか、どうしてあそこで八神様？」

自分のことながら意味がわからず、桜は羽布団を抱えた。

〝――ずいぶん嬉しそうですね。もしかして、恋人から？〟

〝いいえ。仕事関係です。残念ながら、恋人はいないので〟

〝――そうなんですか。そうは見えないのに〟

〝よく言われるんですけどね〟

「ああ……。そう言えば昨夜、電話のあとに声をかけられたんだ。――だとしてもな。勝手な夢に他人を巻き込みすぎだよな。反省、反省！」

長い睫に縁取られた双眸をパチパチとさせながら、溜息混じりに上体を起こす。

現在、桜がいるのはクルージング中の豪華客船ファーストプリンセス号。その地下二階のクルー専用フロアの自室だが、中はビジネスホテルのシングルルームそのものだ。

あるのはベッドにデスクと椅子、テレビパソコンに冷蔵庫、ユニットバスにいくらか大きめのクローゼットが付いているだけで、一人暮らしの1Kレベルさえほど遠い。

しかも、末端とはいえ、桜は管理職に就いているので、これでも海側の窓付き一人部屋という高待遇だ。一般のクルーになると二人一部屋が原則で、小窓さえ存在しない船の内側エリアが居住場所となる。豪華客船の裏方は、都心のホテルの裏方以上に苛酷だ。

「それにしても、甘くて苦い夢だ」

縋るように抱きしめていた羽布団にボフっと顔を埋める。

すると、外から低い単音の汽笛がポッポッ……と、聞こえてきた。

これは近くを通る船に対して、この客船が前進中であることを伝えているもの。全長二百メートル以上の船では、七十ヘルツ以上二百ヘルツ以下の汽笛が義務づけられており、船が小型になるほどヘルツ数が大きく高音になっていくのだが、そんなことはどうでもいい。

桜にとってこの汽笛は、夢から現実に戻る紛れもない合図。小窓から差し込み始めた日の出の明かりが、今朝は心に突き刺さる。

布団を手放せないまま、自嘲の笑みを浮かべた。

「ああ、香山社長。どうしてあなたは香山社長なんですか？」

ここぞとばかりにぼやいてみた。

桜は香山とはかれこれ一年近く会っていなかった。

写真さえ見ていないのに、彼の黒服姿が鮮明に思い浮かぶ。こうして目が覚めてさえいれば、香山の隣に常にいる彼のことまで、しっかり思い出せる。

「そしてあなたは、どうしてすでに中津川専務のものなんですか？　俺がランドセルを背負ってる頃から付き合っていたりとか、一度も喧嘩をしたことがないとか、そもそも喧嘩をする理由がないもんな――とか笑って。二十年以上も現役ラブラブって、いったいなんなんですか⁉」

専務の中津川は香山の恋人であり、高校時代からの親友。社長という肩書に加え、現役のサービスマンでもある香山のスケジュールを、唯一決定できる人物だ。

まさに内助の功ではないが、会社の軸となる登録社員の派遣を一手に握りコントロールしているのも、この中津川。取引先の社長クラスでさえ、彼には気を遣う。敵う、敵わないを考えることさえ無駄な域にいる相手だ。

「——雰囲気的に妻は社長だよな？　見た目も性格もあのバランスで中津川専務が妻だったら、頭が真っ白どころかブラックアウトだもんな」

ただ、二人のことに関しては、桜が知るのが遅かっただけで、業界内では周知のことだった。暗黙の了解どころか、登録員仲間に確認をしたところ「今頃知ったの⁉」と真顔で驚かれたレベルの話だけに、桜からすれば撃沈以外の何ものでもなかった。

「専務。普通にインテリハンサムだし切れ者だし。そのくせ香山社長の頭をポンポンできるだけの長身に胸板もあって……。世の中残酷すぎる」

ベッドから定期的に落ちる寝相の持ち主なので、足元には毛足の長いラグが敷かれている。

このまま二度寝してしまいたいぐらいだ。

「実は妻子持ちだったとかなら、諦めもつく。けど、相手が同性でも両手を広げてウェルカム。年の差や年収差なんて恋愛の障害にはならないよって笑顔で言う人なのに。最後の最後で熟年夫婦レベルの恋人が発覚するとか、どんな罰ゲームだよ。——まあ、格差は恋愛の障害にはならないけど、結婚だったら影響するかもねとも、言ってたけどさ」

一畳もない、ベッドと作りつけの長机の隙間で身体を左右に揺するぐらいしか、ここでは足搔く術もない。

「でも、勢い余って告白しなくてよかった。こうして距離こそ置いても、事務所の登録は抹消されることなく、あの人の手の内にいる。香山配膳の一員であることに誇りもある」

しかし、一度隙間に沈む心地よさを覚えると、これはこれで安堵感がある。

「未練たらしい。情けない。これだから見た目と性格にギャップがありすぎる、黒服脱いだらただの人とか、昨日今日入ってきたような新人にまで言われるんだよな。はぁ……」

この隙間は意図せぬところで思い出してしまった失恋の感傷に浸るには、もってこいだ。

落ち込んだときにはとことん落ちて、底を蹴り上げて浮上するタイプの桜には、最高に惨めったらしくてベストポジションだからだ。

そのために、自室の掃除に余念がないと言える。

「でも、やっぱり電話越しの社長の声は鼓膜にジンときた。背後から聞こえる中津川専務のクスクスも、根っから嫌いになれないどころか、実は好きだ。これだから、いい人同士のカップルって罪なんだ。恨み嫉むことさえできなくさせる……」

続けざまに溜息が漏れたところで、卓上に置いていた、船内用として預かっている携帯電話が鳴った。

壁かけの時計を見るとまだ五時半だが、桜は身体を起こしてそれを手に取った。

発信者名がなく、見覚えのない番号だけが表示されている。

「――、もしもし？」

〝もひもひ……っ。さ……くら……ちゃん……っ。たす……へて〟

相手は小さな子供だった。息を詰まらせるようにして泣いている。

「マリウス様？」

桜はすぐにピンときた。相手は乗客最年少で五歳になったばかりの男児・八神マリウスだ。

一週間ほど前に自室を脱走して大冒険。船内をウロウロするうちにスタッフフロアに入り込んで迷子になり、ベソベソしていたところへ出くわした桜が部屋の前まで送っていった。

その際、彼は子供用の携帯電話を持っていたのだが、「これでパパに助けてって言ったら怒られるでしょう」と、眉をハの字にしていた。

一応、脱走がいけないことだとは、わかっていたようだ。

それで桜も、「船内には危ないところもあるから、パパに内緒で出かけないでね」と約束した上で、船内用の携帯番号をマリウスに教え、一緒に登録設定までした。

パパに怒られたくないからと、誰にも連絡ができないまま、小事が大事になっては大変だ。

それなら自分が多少の骨を折るほうがいいと判断してのことだったが、その後マリウスから電話がかかってくることは一度もなかった。

〝マリウス！　どうして勝手なことを……。どれだけ心配したことか！〟

〝ごめんなさ……い……っ〟

父親である八神魁にきつく叱られる以上に、真っ青な顔で心配されたことに大反省したのだろう。実際覚悟していた〝電話ごっこ〟等もなく、きちんと使い方を理解していた上での今回のSOSなだけに、桜は「どうしたの？」「泣いてるの？」「今どこにいるのかな？」と、自分のほうが慌てないように問いかけた。

（機関室に迷い込んだとかじゃないといいんだけど……。八神様は気付いてるのかな？）

優しく聞くと、マリウスが答える。

〝……ちゃったの〟

「ん？　何しちゃったの？」

もそもそと話すので、スピーカーのボリュームを上げて、更に耳を澄ませた。

〝……おしっこ〟

「おしっこ⁉」

〝イルカさんと泳いだの……ひっく。白クマさんやペンギンさんもいたの……っ。でも、おしり……つめたい……のぉ〟

（――あ。そういうことね）

一気に緊張が解けた。早朝からのＳＯＳの理由はおねしょだ。

煩悩に駆られていた桜とは違い、マリウスは純粋に楽しい夢を見たのだろうが、その結果が大西洋だか太平洋をシーツに描いてしまったということだ。

困り果てて泣きついてきたのがよくわかる。

今の段階で父親にバレていないということは、親子で同じベッドに眠るという習慣もないのだろう。

〝マリウス。何をしてるんだ。こんな時間にどこへ電話……、このベッドはどうした⁉〟

だが、内緒のＳＯＳも万事休すだ。どうやら起きてきた父親に、すべてが露見したようだ。

桜は慌ててスピーカーのボリュームを下げる。

〝桜ちゃん助けてぇっっっ〟

〝なっ――、桜さん？　代わりなさい〟

マリウスが携帯電話を持ったまま逃げたのか、父親が追いかける様子まで聞こえてきた。

しかし、助けを求められても、こればかりはフォローができない。

ましてやあんな勝手な夢を見たあとだけに、胸の鼓動は高鳴るばかりだ。桜も改めて呼吸を整え、対父親に備える。

（落ち着け、俺。夢は夢だ。これは現実だ。それにしても、八神様。息子さん相手だと、意外とドタバタするんだな。というか、させられているんだろうけど……）

何分、マリウスの父親・八神という男は、桜にとっては鉄をイメージさせる男だった。

端整なマスクに冷静沈着な眼差し。スッと伸びた背筋に、中肉長身で筋肉質そうな肉体。性格は真面目で実直かつ品行方正だが、硬派というより、鉄のような硬さを感じるタイプだ。

同僚の中には「黒塗りのベンツか装甲車を連想させる」と喩えた者もいたぐらいで。ようは、「高貴でストイックな感じがして近寄りがたい。でも、ちょっと近づけるものなら近づいてみたい気にはさせる魅力の持ち主だ」とのことらしい。

ただ、逆を言えば、誰の目から見ても固そうで近寄りがたい八神が、昨夜に限ってプライベートな話で声をかけてきた。

その意外性もあり、桜の夢の登場人物になってしまったのかもしれない。

もっとも、八神が桜に声をかけたのは、普段からマリウスが一番懐いているから。実際こうして、面倒を見ているクルーが桜一人だからだろうが……。

〝あ～んっ！　それ、僕のぉ～っ。パパ、返して！　桜ちゃ～ん〟

〝もしもし、八神です。こんな時間からすみません。ダイニングチーフの桜さんですか？〟

彼の落ち着きのある声、そして普段どおりの淡々とした口調を聞き、桜の緊張が少し解けた。

「おはようございます。桜です。こちらこそ、早朝から申し訳ございません。すぐにシーツ交換に伺ったほうがよろしいでしょうか？　もしくは、ご都合のよい時間をお聞きし、改めて伺うほうがよろしければ――」

電話であっても、身体を折って謝罪するのは、もはや習慣だ。

それがたとえパジャマ姿であっても、桜はペコペコと頭も下げる。

〝では、あとでこちらから連絡します。シーツは剝がしておきますので〟

「お手数をおかけいたします」

〝いいえ――。しかし、どうしてマリウスが？〟

「申し訳ございません。先日迷子になられた際、困ったことが起きたら連絡してねと言って、私が教えました。この番号は社用です。そのようなわけですので、怒らないであげてください。本当に困ったときしか電話はされていませんし――。これが初めてのことでしたので」

〝そうでしたか。それにしたって、まだお休みの時間でしたでしょうに……〟

「いいえ。すでに起きていましたし。今後も何かございましたら、私にでもフロントにでも、お気軽にお電話ください」

〝ありがとうございます〟

「それではのちほど改めてお伺いいたします。マリウス様にはどうか……」

〝わかりました。では、これで〟

余裕も隙もない会話が終わり、通話を切る。腹の底から「は～」と溜息を漏らすと同時に、目覚まし用にセットしていたアラームが鳴り、ビクリとした。

「もう……、時間か」

気分だけなら、すでに一時間分は働いた。

桜はベッド下に落としたままの掛け布団を戻して、ベッドメイキングする。

「まあ、明日、明後日は休みだ。今日も一日頑張るぞ――と」

歯磨きと洗顔をすませて、パジャマから着がえた。

一年を通して、真っ白なワイシャツに蝶（ちょう）ネクタイ。サッシュベルトに漆黒（しっこく）のスーツ。自前で揃（そろ）えたこの正装に文字盤タイプの腕時計が、桜にとっての仕事着であり制服だ。

それは陸でも海でも変わらないが、ここではハンカチーフを差し込む胸ポケットに、黒地に銀の錨（いかり）マークが入った管理職を示すネームプレートがつけられている。

最後に月に一度は必ずカットしている髪を整えれば、出勤準備は完了だ。

サービスマンとしてのスイッチが入る。

「よし――。行くか」

桜は部屋の鍵が兼用になった身分証明書のカードと、社用の携帯電話を上着の内ポケットに入れて自室を出た。
まずは朝食を取るために、同階にある社員食堂へ向かった。

1

桜が専用通路を足早に移動していると、その行く手を阻むように部屋の扉が開いた。

「桜くん、おはよう」

「おはようございます。キャプテン」

　声をかけてきたのは定年近い男性。このフロアで一番大きなスイートルームの住人でもある、キャプテンの織田だ。人生の半分以上を海上で過ごしてきたと豪語するプロフェッショナルだが、最近初孫が生まれたらしく、すっかり気のいいお祖父ちゃんになり始めている。

　おかげで声をかけられる頻度が以前より確実に増した。

「今朝も素晴らしい身だしなみだね。クルーの鑑だ」

「ありがとうございます。今日も一日、よろしくお願いいたします」

「こちらこそ。さ、朝食に行こうか」

「はい。お供させていただきます」

　――朝から食った気がしないじゃないか。

　そうは思っても、笑顔で挨拶を交わすのが立派な大人だ。サービスマンだ。

　そのうち他の部屋からも副キャプテンの明智やホテルマネージャーの徳川、イベントディレクターの豊臣といった海技免状を保有する各部署のオフィサーと呼ばれる中高年の男性たちが顔を揃える。

「おはようございます、キャプテン」

「おはよう」

「おはよう、桜」

「おはようございます」

偶然にも、聞き馴染(なじ)んだ戦国武将の苗字が連なっているが、クルーだけで約八百人の豪華客船。しかも八割が日本人だ。そう考えれば不思議はないのかもしれないが、加えて会社の人事に印象操作でもされているのかと疑ってしまうぐらい、彼らは見た目も性格もそれっぽい。

当然クルーたちの間では、「この船は泥船か⁉　戦国船か⁉」「まさかファーストプリンセスって、お市(いち)の方のことじゃないだろうな？」「いやいや。この幹部のメンツで織田と明智の操縦タッグは避けてくれよ！　けっこう笑えない」と、何度盛り上がったかわからない。

桜が知る限り、一つのツアーが始まり、一部のクルーが入れ替わるたびに、必ず上る話題だ。

もっとも、織田たちは「まあまあ、不平不満が出るよりはいいじゃないか」「話題に事欠かないのは、クルーズには大事だよ」と、いたって大らかな対応だ。

「ところで、殿。今朝は何を召し上がりますかな」

「うーむ。そちはどうだ？」

「そうですね――」

実のところ、この組み合わせを一番おもしろがっているのが本人たちなのだが。

それにしたって、桜を囲む四人の制服の袖には、金の三本線または二本線が入り、胸元には錨と船をモチーフにした金のエンブレムがそれぞれに輝いている。

これは海上勤務だからこその縦社会、揺るぎない命令系統を示す階級の印でもある。

ヘラヘラと笑って盛り上がってばかりでは困るのも事実だ。

「おはようございます。織田キャプテン」

「おはよう、伊達くん。真田くん」

とぼけた話をしながら食堂へ向かうが、その途中で別部署のオフィサーたち――漏れなく武将苗字――が合流して、移動人数が更に増えた。

先に社員食堂に入っていた一般クルーから見れば、まさに重役出勤の光景だ。

「来たな。船上の大名行列。最近、参勤交代にも見えてきた」

そう言われても、名実共に仕方がない。

「桜チーフが先陣を切ってくれたら、逆転大奥みたいなんだけどな〜」

さすがにそれはどういう意味だ⁉ と、桜の眉間に皺が寄った。

「それいいな！ 桜チーフは誰もが認める船内一のクールビューティーだ。森蘭丸か天草四郎って感じだし。オフィサー補佐官的なポジションが似合いすぎる。裏でこの船のすべてを操る参謀みたいで、綺麗なのに超カッコいいよな」

「黒服姿がまたいい。見るからに麗人」

「でも、最初の仕事が結婚式場のプランナーで、担当したカップルが次々と桜チーフに一目惚れして喧嘩。婚約破棄の原因になったという、伝説の〝婚約クラッシャー〟って破壊力抜群だぞ」

「当たったカップルが不運としか言えないが、成田離婚のきっかけになるよりはセーフだろ」

「なんにしても、幹部の名前と存在だけで話題に事欠かない職場って偉大だよ」

「本当！　はっはっはっ」

（あいつら、勝手なことばっかり言いやがって――）

しかし、耳に入っても聞こえないふりをするのは、乗船してから三日も経たないうちに覚えた技だ。

都会のホテルにいても噂話には事欠かないが、船では港を出たら閉じられた空間なのだ。話題の対象は狭まり、船内に限定される。愚痴や不満ならなおのことだ。

それなら罪のない話で盛り上がってくれと思うのは、桜も織田たちと変わらない。

（……まあ。上司を餌に笑っている分には害がないけどさ）

とはいえ、桜はこの船ではホテルマネージャーの右腕ともいえるダイニングチーフ。

飲食サービス現場における中間管理職の一人だが、香山配膳からの長期派遣社員で、客船を保有する船会社の正社員でもなければ、直接契約している期間限定の社員でもない。

それにもかかわらず、上下からオフィサーの一人として扱われているのは、それだけ責任のある仕事を任され、こなしているから。契約社員という名のサービス初心者たちに接客のノウハウを指導し、シフトスケジュール調整をし、その上一日に数時間は勝手気ままなＶＩＰたちの接客も行うという役割を黙々とこなしているからだ。

失恋のショックから逃亡したい一心で希望したクルージング派遣だったが、おかげで傷心など一週間で吹き飛んだ。善し悪しとはまさにこのことだ。失恋の痛手そのものも、昨夜の香山からの電話がなければ、思い出さなかっただろう。

ただ、そう考えると八神からの声かけが、より印象的だったのかもしれない。

——ずいぶん嬉しそうですね。もしかして、恋人から？

通話後の桜の雰囲気からそう見えたのかもしれないが、彼から個人的な話題を口にされたのは、乗船以来昨夜が初めてのことだ。

（他人を詮索するタイプの方ではないから、それだけ声がかけやすくなった。お客様との距離が縮まったって喜んでいいのかな）

しかし、ここはいいように解釈することにした。

そんな桜に、若手のクルーが「すみません。よろしいですか？」と寄ってくる。

「どうした？」

「実は、昨夜武田が熱を出して医務室に行ったんですが、まだ戻っていないんです」

「そう。わかった。すぐに様子を見てくる。あ、シフトのことは心配しなくていいから。まずは自分の体調にも変化がないか確認、注意をよろしく」

「はい。ありがとうございます」

急いで朝食を食べ終えて、織田たちに一礼をしてから医務室へ向かう。

食堂からの移動中にも、船内連絡用の携帯電話が鳴る。

「――もしもし、桜です。はい。それは承知しておりますので、八神様たちのルームサービスは俺が運びます。用意ができる頃には、キッチンへ行けると思います。――あ、それからマリウス様が動物形のパンやおにぎりをとても喜んでいたので、できたらまた用意していただけますか？　ツアーも折り返しですし、ちょっとした遊び心があってもいいかもしれません。はい。よろしくお願いします」

電話の相手は、和食のスペシャリティレストランの厨房にいる事務担当者だった。オーダーをしてきたのが客室最上階の最上級ＶＩＰルーム、しかもそのフロアにある全室を貸しきっているような桁違いなセレブたちだったことから、桜に一報を入れると同時に配膳も頼んできた。この程度の仕事内容であれば、桜は引率するだけで、配膳そのものはレストラン担当のサービスマンが行う。

ただ。初心者であったり、ファミリーレストランでのウエイター経験しかない者も多いので、こうした桁外れなＶＩＰクラスへのサービス確認や管理は、必然的に桜の仕事となってしまう。

もちろん乗船歴の長い接客担当社員もいるが、それでも世界の主要都市にあるシティホテルを基準にサービスレベルを見るなら、この船は中の上だ。

客船は豪華でセレブリティ溢れる仕様になっているが、そこにサービス心技が追いついていない。これではリピーターも生まれない。

それを示すように、母体の船会社は一度倒れかけている。

原因は長引く不況もあったが、やはり根本はサービスの質だ。海外の名門ホテルやクルージング会社と比較されたときに、まったく太刀打ちできない状態だったからだ。

そこで一昨年、梃入れとして船会社は国内屈指のホテル・マンデリンと事業提携を結んだ。船籍もアメリカの支社に移して、カジノ換金を解禁。その上で、サービスを向上させる目的で、ホテル側から人材が送り込まれた。

しかし、もとのサービスレベルの違いか、海の上という勝手の違いか、双方の人材がうまく馴染まない。契約社員ともなると、人間関係の悪環境も手伝い短期で音を上げてしまう。

そこで、双方スタッフの間に入れて、また契約新人を基礎から指導できるサービスマンがホテル側から香山配膳に求められた。

香山配膳はさほど大きくはない派遣事務所だが、登録員のレベルは間違いなく国内トップクラス。配膳レベルAクラス、Sクラスをしのいで「香山レベル」と同業者が呼ぶほどのサービスの心技が、国内はおろか海外でも高く評価されているからだ。

そして、桜が希望してこのファーストプリンセス号に乗り込んだ。

最初の三ヶ月から半年は、正社員クルーのチームワーク作りに悪戦苦闘した。

だが、桜自身が手本となるサービスを示し、またその気持ちを持ってクルーとも接したことから、今では海上だの陸上だのとは言わなくなった。

もちろん、戦国オフィサーたちの協力、努力もあり、今では業績を盛り返している。

〝朝から忙しくなってきた。でも、マリウス様の人懐っこさには俺も弱いしな。起き抜けに〝もひもひ〟とか言われたら、何でもしちゃうか。天使に会えると思えば、疲れも飛ぶし覇気も出る。

同行している大人たちは、まあ国際色豊かで破天荒揃いだけど……）

桜は足早に医務室へ向かうと、まずは急な発熱で寝ていた部下、武田の様子を確認した。

すでに快方に向かっていると知り、ホッとする。

そのままシフトチェンジの指示を事務室に連絡して、その後はスペシャリティレストランのキッチンへ向かった。

（でも、あのセレブメンバーの中では、八神様はまだ普通だよな。重厚なオーラは感じるけど、本人はいたって常識人だし物静かな紳士だ。おそらく八神様一人を見れば、際だつハンサムなパーフェクトセレブ。黒髪に甘めのマスク。ブルーグレーの瞳は、驚くほど神秘的で。女性クルーの間でも、ダントツ人気の、まさに〝誘惑されたい男ナンバーワン〟だしな）

用意された朝食の確認をすませると、スタッフ二人を同行し、客室最上階となる四階のＶＩＰフロアへ専用エレベーターで移動する。

そこは男性四人と男児が一人、加えて彼らの付き人やＳＰなどのスタッフ二十名が滞在している大所帯だ。料理の量もそれなりになる。

（――とはいえ、一緒にいるご友人方は、本当に突き抜けている。特に親友だというアラブの富豪、マンスール様のはっちゃけ具合は桁外れだ。ワンフロアを貸しきったんだから、ペットも同伴するぞ――と笑って乗せようとしたのが象やライオン。さすがのキャプテンたちも大パニックで……。どうにか、本社規約で犬猫クラスのペットまでしか無理ですと断ったら、仕方ないと乗せてきたのが百キロ前後のイングリッシュマスティフと十二キロのメインクーン、それも番だ。

しかも、一匹に一人の世話係が付いているとはいえ、その四匹と四人の世話係のために一泊百万円超えのＶＩＰルームをキープとか、もはや笑える。逆にここまでしてくれると、嘘っぽくていい感じだ。まさに豪華客船ドリーム。と――、着いたか）

大型の台車二台を載せたエレベーターが四階へ到着した。

「桜チーフ」

「緊張しなくていいよ。俺のあとについてきて」

「――はい」

凝った細工が施された重厚な二枚扉の前で、桜がインターホンを押す。

「お待たせいたしました。朝食をお持ちいたしました」

中から愛らしい声で「はーい」と返事が聞こえた。

「桜ちゃん、おっはよー。さっきは起こしてごめんね」

扉を両手で「よいしょよいしょ」と押しながら、桜の〝天使〟が現れる。

クオーターと聞いているが、母親の血が濃いのだろう。マリウスはふわふわとした金髪に白い肌、クリクリとした青い目にマシュマロのようなふっくらほっぺたを赤らめて、今朝も満面の笑みを向けてきた。

母親は、きっとフランス人形のような女性だったに違いない。

マリウス曰く、ママは遠いところにいるの――だそうだが。

「おはようございます。マリウス様。もう起きていましたから、大丈夫ですよ」

桜が扉を押さえると、マリウスは「本当？　ふふふ」とはにかんで、太股あたりをぎゅっとハグしてくる。

（可愛い。香山社長の甥っ子の園児ちゃんも可愛いけど、マリウス様はまた違う可愛さだ）

一瞬ホッとすると同時に桜たちの視界には、海に面した開放的かつ横長に二十メートルは広がる大窓のあるリビングが映る。

大理石の床に、マリー・アントワネットの部屋をテーマにしたアンティーク家具の数々。

四十人から五十人は優雅に座れるソファセットが置かれて、そのリビングの続きにはダイニングルームにキッチン、書斎、寝室、ゲストルーム、ミストサウナ付きのバスルームにカウンターバーと、それぞれに贅を尽くした空間が存在している。

だが、これが客室最上階のすべてではない。

少なくともこのように歴史上のクイーンやプリンセスをイメージした華美な部屋が大小合わせて十室ほどあるのだが、これらすべてを彼ら――主にアラブ富豪――がキープしているのだ。

自前の家具やオブジェまで持ち込んで、そのうち一室がお犬様とお猫様専用だ。

しかし、それは建て前。大概は飼い主であるアラブ富豪、アフマド・ハビブ・ムスタファー・ジャバード・マフムード・マンスールのメインルームであるこの一番広い部屋にいる。

すっかり桜たち担当クルーの顔も覚えたのか、巨大な犬猫夫婦四匹が嬉しそうにして、のっさのっさ、わっさわっさと歩き寄ってくる。

桜が最初に見たときに（巨大な土佐犬!?）と目を見開いた白茶のイングリッシュマスティフは、

垂れ耳と太い垂れ尾、ブラックマスクがチャームポイントの大型犬。気性の穏やかな番犬タイプで、ハビブのところでも警備犬として訓練されている。

　そして、ダブルコートのボリューミーなシルバー&ゴールデンの毛にブルーの瞳が蠱惑的なメインクーンは、桜の目から見てもゴージャス&ファビュラス。飼い主を従え、振り回しても許されそうだが、持ち前の気性が穏やかで人懐こいので、ただただ巨大な可愛い子猫のようだ。

（も、もふりたい）

　つい、犬を枕に寝転び、猫を腹に乗せたくなってくる。

だが、各担当者は配膳に来たのがわかっているので、四匹は引き留められた。かなり名残惜しそうに尾っぽを振る四匹を奥間へ連れて行ってしまう。

　それをまた名残惜しげに目で追うが、ここは我慢だ。

「さ、料理を運んで」

「はい」

　桜の指示で料理を載せてきた配膳台車が室内へ、そのまま奥のダイニングルームへ運ばれる。

　その間もマリウスは桜に甘え、会釈をしてきた八神を会話に巻き込んだ。

「へへへっ。桜ちゃん、今日も可愛い！　ね、パパ！」

　桜も百七十五センチはあるが、彼は更に長身だ。百八十は超えている。

　フォーマルでも普段着でも常に背筋がしっかりと伸びており、戦車のごとく隙がない。

　子供連れで、警戒心が強くなっているのかもしれないが、同行しているＳＰたちに勝るとも劣

らない雰囲気を醸し出している。

友人たちが個性的なのも手伝い、本当に堅実さが際だっているが、それが桜からすれば羨ましいほど一貫して見える。自分と違い、中身が外見を裏切っていないからだ。

(八神様ならベッドから落ちたり、隙間に沈んで足掻いたりとか、一生縁がないだろうな。おねしょシーツを片づける姿まで、テキパキしていそうだ。でも、八神様ではなく、彼なら意外とやりそうだよな。少なくとも、あの大きな犬猫たちに埋もれてデレッとするぐらいは――)

桜の視線がふと、ハビブを捜した。

ちょうど犬猫と入れ違いに奥から出てきた。他の友人二人と一緒だ。

国も年代も違う男性たちだが、教養あるセレブたちの共通語は英語。そしてなぜか、日本語だ。

全員が親日家らしく、乗船してからの会話は主に日本語で、母国語が口を衝いて出るのは極たまにのことだ。クルーの八割が日本人なだけに、このことには感謝が絶えない。

「……こら、マリウス。桜さんは大人なんだよ。可愛いは駄目だって言ったのに」

「なら、なんて言うの?」

口ごもった八神の声に釣られて、視線を戻した。

「え? それは……、カッコいい……とか」

八神はマリウスから不思議そうに首を傾げられて、かなり困っていた。

このギャップは案外いい――と桜の口角が上がる。

――ご無理なさらないでください。

そう言って、この話は終わらせようとした。

「魁の答えには説得力がない。桜はカッコいいより美人だろう」

すると、傍まで寄ってきたハビブが腕組みをしながら、軽快に言い放つ。

ハビブは褐色の肌を覆うように真っ白な民族衣装に身を包み、うねる金の髪が胸元まで伸びた頭部には、白いスカーフをターバンのように巻いていた。

双眸はエメラルドのような輝きを放ち、一国の王子だと言われても違和感がない。

ただ、今年で三十二歳になり、八神とは同い年だと聞いたが、ハビブのほうがすべてにおいて自由奔放だ。生まれや立場の違いは大きいだろうが、彼なら巨大な犬猫に囲まれても、喜んで一緒にゴロゴロして遊びそうだと思ってしまう。

勝手な想像はよくないが、自分にそう言い聞かせる前に、(きっと自宅ではライオンでそれをしているんだろう)と、鮮明に想像ができてしまうタイプだからだ。

「美形でも美麗でもいいんじゃない?」

そして、そんなハビブの横に立ったのは、フランス人のピエロ・ル・フォール。黒シャツに短めの白のパンツといったカジュアルな普段着さえ品よく着こなす四十代半ばの彼は、細身でキザなプレイボーイふうの紳士。ウェービーな前髪が目を惹き、声も口調も柔らかく、それでいて気さくな性格だ。

ただ、離婚したばかりで、今回のクルージングはセンチメンタルジャーニーも兼ねているらしい。ちょっと前の桜とならば、とても気が合いそうだ。

「僕はマリウスに一票だな。君からしたら躊躇（ためら）いがあるかもしれないが、桜はとても可愛いよ。まあ、僕から見たら桜どころか、魁もハビブもフォールも可愛いけどね」

そうして最後に意見を出したのは、白シャツに黒のパンツ、ベスト姿が板に付いた五十代前半の英国人のロイド・クレイグ。この中では最年長だけあり、貫禄は十分だ。フォールさえ子供扱いをする。桜から見ると、第一印象が初代のジェームズ・ボンドに似ている方だな――だった。穏やかで知的でまさに英国紳士（ジェントルマン）。

だが、さらっと懐（ふところ）から銃を出しても違和感のない威のようなものはジンワリと感じさせる。

年齢の分、人生の重みも加わっているのだろうが、いずれにしても二枚目揃いだ。一言でハンサムといっても、タイプがあるのだなと、感心してしまう。

「クレイグ。さすがに僕は除外してくれよ」

「なら、こう言おう。人間探せば誰にだって、可愛いところがあるものさ。君だとそうだね？そうやって勘弁してくれって真顔で言ってくるところが、最高に可愛いよ。フォール」

「――降参。年長者は立てることにするよ」

「それがいい」

（この手のやり取りも毎日見ていると、驚かなくなるから人間ってすごいよな。感覚が麻痺（まひ）してくるところは、最大の長所であり短所なのかも――）

そんなことを考える間にも、スタッフたちによって運ばれた五人分の朝食セットがメインのダイニングテーブルへ置かれた。

お付きの者たちの分は、更に隣室へ運ばれていく。

数量だけなら小学校一クラス分の配膳と大差がない。大型の配膳車二台を利用するため、さすがにそれらは隣室の予備扉からの運び入れとなっている。

「ねえねえ、桜ちゃん。今日は可愛いパンかごはんある？」

リビングの入り口からダイニングテーブルへ移動するだけで、ざっと三十メートル。

スキップで向かうマリウスが、桜に手を繋(つな)いで聞いてきた。

「――はい。気に入っていただけるといいのですが」

「わ！　パンダちゃん親子。見て見てパパ、おにぎり可愛いよ。ほらハビブたちも！」

大人用と一緒に用意された本日の新作は、マリウスのお眼鏡(めがね)にかなったようだ。

キッチンでは想定以上のバリエーションを必要とすることになったお子様メニュー対策に、今この瞬間もコック長・上杉(うえすぎ)の指揮の下、大奮闘しているのだった。

＊＊＊

クルージングのクルーは、基本二交代制勤務の週休二日。それをベースとして各部署に合わせた雇用契約が結ばれる。

しかし、管理職ともなると、そうきっちりとはいかない。特に桜のように接客がメインとなる現場を任せられていれば、どんなに些細なトラブルであっても、発生すれば即座に動くことになる。そのため、朝から晩まで仕事着でいることも多く、残業代の上乗せで了解したりと、労働基準法などあってないようなものだ。

だが、それは仕方がないし、承知の上だ。支払い明細がきっちりしているし、遊びで来ているわけではないので文句もない。若手の短期契約者には、リゾート気分が先立っている困った者が必ずいるが、これはどこにでも出没するタイプなので折り込み済みだ。

これらを含めて、サービスクルーに仕事を教えて、動かすのが桜の任務だからだ。

——とはいえ、そんな桜にも、唯一不満なことがあった。

（次の入港は二日後のアロタウか。陸が恋しい）

ディナータイムに入る前、桜は休憩時間を取っていた。気分転換にデッキへ出る。するど、どこからともなくウクレレをつま弾くアロハ・オエのメロディが聞こえた。深呼吸さながらに、大きな溜息が「はぁ……」と漏れる。

桜の双眸には、都会では見ることのないありのままの空と海、パノラマの水平線が広がっていた。大海原を悠然と進む真っ白な客船・ファーストプリンセス号は、地上五階、地下四階。全長二百メートル、全幅二十五メートル、乗客定員千五百名という中型ながら全室がスイートルームの海上高級ホテルをコンセプトに造られた豪華客船だ。

キャプテンの織田以下約八百名のクルーと共に、一年を通して世界を周り、優雅で贅沢(ぜいたく)なひとときを乗客たちに提供している。

年間スケジュールに組まれた基本ツアーには、最短二泊三日の国内コースから最長半年ほどの海外コースまでがあり、現在は「船上生活を心ゆくまで堪能する秋の集い」をコンセプトにした一ヶ月のツアー中だ。

晩夏のイタリアのローマを出発してから地中海を抜けて大西洋へ。

更にはインド洋からオーストラリアを周って珊瑚海。

そして、そこからフィリピン海、東シナ海へと海路を進めて、初秋には横浜港に到着の予定。

現在は、珊瑚海からフィリピン海へ移動中で、横浜到着までにはパプアニューギニアとフィリピン、台湾を巡ることになっている。

ただ、こうなると期間中に毎日どこかへ入国するわけではない。

入港や停泊等は数日に一度の割合で、旅の中心はあくまでも船上。ツアー企画の中でも一番まったりとした、桜に言わせると「船内引き籠もりツアー」だ。

しかし、会社としては乗船客の遊興代が船外に流れる率が少なく、また海外旅行はしたいが外国の治安が不安という客にとっては馴染みのある安全圏内で思う存分楽しめるとあり、両者の利害は一致している。ハビブや八神たち一行も、観光で立ち寄るような場所にはすでに興味がなく、船上満喫を目的に乗り込んできたのかもしれない。

しかも、この引き籠もりツアー、クルーからしてもそう悪くはないらしい。オフの際に自室で過ごすことは増えるが、勤務体制がしっかりしている上に、ここには生活環境が整っている。天候や人間関係のアクシデントがない限りは、これという不平不満もないのだから、職場としてはかなり恵まれているほうだ。居住空間だけは苛酷だが――。

それに、仮に贅を尽くした遊興に心を奪われたとしても、遊んでみたいと思うのは最初のうちだけだ。仕事をする間に目新しさもなくなり、興味も薄れて貯金に走る。最初からお金を貯める目的なら、まさにもってこいの職場だ。

だが、それでも桜は、このまったりツアーには馴染めずにいた。理由は簡単で、地に足がつく回数が他ツアーと比べて少ないからだ。

できることなら一日一度、せめて二日に一度は陸に上がりたい。仕事意識だけで堪（こら）えているが、本来なら海上生活は長くて丸一日が限界。二日目には最低でも陸を目にして、自らの足で土を踏みたい。陸地のほうから海を眺めて深呼吸の一つもしなければ、心底から落ち着けないのが本心なのだ。

それが、ときには三日、四日、五日に一度の入港なんて、精神修行以外の何ものでもない。

桜はわざと仕事を増やして、この時間感覚を忙殺（ぼうさつ）しようと試みることもしばしばだ。

しかし、これがなかなか叶わない。最上階のＶＩＰたちへの気遣いは別として、今回のツアー客たちは、桜がこれまで見てきた中でも一番品がよくて無問題。手を煩（わずら）わせる問題客がいないため、クルーたちも心穏やかに過ごせているからだ。

当然、これはいいことだ。桜が時間を持てあまして困っているだけで――。

仕方ないので極力自室に籠もるか、船内の中心フロアに立っては、「ここは銀座。ここは赤坂」と心の中で唱えて、それでも駄目ならこうした休憩時間も船内を歩き回る。

自身の片側に海を、片側にショップやカフェが並ぶ一階部分を視界に収めることで、気分だけでも港町にいるような感覚に浸りたいからだ。

無駄な抵抗なのは、桜自身が一番わかっているが――。

（ああ、そういえば小学生の頃だったか？　鯨とイルカに会いに行こうという短時間クルーズで、四方の視界がすべて海になったところで、激しい動悸に襲われたのは。半ばパニック状態に近いままぶっ倒れた。今にして思えば、あのときに限ったことじゃなかったんだな。いくらホテルがそのまま移動しているような環境設計、完璧なまでのフィンスタイビライザー装備の客船であっても、四方を海に囲まれると説明のつかない不安が起こる。これほど自由気ままに船内を動き回れるというのに、変な拘束感を覚える。船医は生まれ育った陸地、都会への信頼と安心感が強すぎる反動だろうとは言ってたけど……。うーん）

桜は、この先どんな事情が我が身に降りかかったとしても、マグロ漁船や蟹工船勤務だけは無理だと確信した。これに関しては心から織田を尊敬してしまう。

（それにしてもな――）

幾度となく溜息を漏らしながら、なおもデッキを散歩し続けた。

すると、ハワイアンの音楽を流していた店を通りすぎたところで、曲がサンバに変わった。

陸にいた頃はほとんど聴くことのなかったジャンルだが、ここでは気分転換の一つになる。

そう考えると、有り余った船上でのオフタイムを潰すために、以前に比べて触れることになったものはかなり多い。観劇やコンサート、映画や読書、ときにはカルチャー教室でソシアルダンスやパン焼きのレッスンなど、船に乗り込む以前は縁のなかったものばかりだ。

桜は趣味が仕事、主に配膳サービスの派遣で都内のホテルを飛び回っているか、その仲間たちと飲み明かすのが日常だったからだが――。

（やっぱり……。これを最後に陸に上がるか）

桜は、ふと思い出したように、夢にまで見た昨夜の電話を思い起こした。

〝もしもし、俺だ。香山だ。桜か？　久しぶり〟

桜がクルージングの派遣に出てからは、仲間や事務員がよくメールをよこしてくれた。

だが、香山が直接連絡をしてきたのは、昨夜が初めてのことだ。

大概は別の者が〝今日の社長〟などというタイトルで、東京の様子を送ってくれていた。

香山もそれを知っていて、これ以上は仕事の邪魔になっても――と、用のないメールは発しなかったようだ。

〝まだ更新を悩んでるってことは、帰ってくるって期待していいか？　これまでは即答で更新しますだったもんな〟

しかし、桜の派遣契約は三ヶ月単位。三度の更新をして、かれこれ一年近くになるが、四度目の更新はまだ考えさせてくれと、織田や人事部には伝えていた。

ちょうど一年と区切りもいいし、とにかく陸が恋しかった。日本に戻ることは数回あったが、それでも続けて二日といたことがなかったからだ。

〝――いきなりクルージングリゾートの派遣を希望されたときには、どれほど驚いたか。難しい依頼内容だったから、桜なら安心して出せたけど。俺としては、うちのメンバーの先陣を切って都内を回ってほしい時期だったから、青天の霹靂だった〟

昨夜の電話がなければ、変な欲が混じった夢も見なかっただろう。

すでに失恋の痛手は消えていたはずだ。

桜はデッキを強く踏みしめるようにして歩いた。

(うん。今なら、あの二人の姿を見ても、このパノラマの海を眺め続けるよりは冷静かつ心穏やかでいられそうだよな。何より、求められているうちに帰りたい……ん⁉)

「――暇だ。暇すぎる」

すると、今の季節は温水になるプールデッキから、ぼやくハビブの声が聞こえてきた。

キープしているＶＩＰルームには専用のリラクゼーション・テラスもあるはずだが、気分を変えて他の客に交じりたい、街中にいる感覚でコーヒータイムでも楽しもうといったところだろうか。五人でプールサイドに並べられたテーブルの一つを囲んで話をしている。

だが、夕食前という時間のためか、さりげなく立つＳＰに威嚇(いかく)されてか、彼らの傍には他の客はいなかった。

桜はプールの手前にあるシャワーコーナーの陰で足を止め、そのまま様子を窺う。

「まだ航海は半分、半月も残っているよ。だから、横浜へ行くなら、前日にプライベートジェットで行ったほうがいいんじゃないのかな？　って言ったのに」

「そうそう。どうせなら同窓会旅行を兼ねて船旅をしよう。たまには揃ってのんびりするのもいいだろう。どうせ俺たちは厄介者だ。たまには小うるさい主から解放されて、好きなようにしたい部下たちも多いだろうし。そう言い出したのは君なんだしね」

心底「飽きた」とぼやくハビブに、フォールとクレイグが苦言を呈した。

「――悪かったな。ここまで退屈するとは思わなかったんだよ。普段は自家用機でしか移動をしないから、長旅用の客船でたっぷり遊んでみたかったんだ。まさか、中身が自宅と大差がないだなんて、普通は思わないだろう。むしろ、これの何がよくて他の連中は大金を払って乗ってるんだ⁉　全部うちにあるものばかりじゃないか！」

「いや。普通家にはないから」

フォールの的確すぎる返しに、桜は思わず噴き出しそうになり、口を塞いだ。

盗み聞きをする気はないが、耳に入ってしまった。

それに気づいて、一番近くにいたSPが視線を向けてきた。同時に利き手を懐へ差し込んだのにはビックリしたが、相手が桜だとわかるとすぐに手を引っ込めた。会釈までしてくれた。

桜もそれに合わせて会釈する。

言葉こそ交わさないが、「いつも主やペット、我々がお手数をおかけしております」「いつも本当にお疲れ様です」といった意味合いの視線が行き来する。

「――うむ。思い立ったが吉日で、ありとあらゆる娯楽施設を屋敷の庭に作ってしまった君と、世間一般の富裕層を一緒にしてはいけないよ。そもそもプライベートジェットを足代わりにしているような人物は、豪華客船を造ることがあっても客としては乗らない。この手のバカンスを愉しめる人物は、自宅にカジノや劇場、プールや遊園地、ゴルフ場の類いは所有していないと思うからね」

真顔で言いきるクレイグが、更に桜の笑いを刺激した。どうやらハビブの富豪ぶりは、桜の想像を絶するどころか、友人たちでさえ「一緒にするな」と口にする域だったらしい。

世間知らずを指摘されたハビブが黙る。

「でも、ハビブ。僕はみんなと一緒にいられるだけで楽しいし、嬉しいよ。ねぇ、パパ」

だが、マリウスが天使なのは、ハビブたちにとっても変わらない。隣の席からにっこり笑って寄り添われ、腕に柔らかい頬をすりすりされたものだから、照れくさそうに唇を尖らせる。

「まあ。な」

ここでも八神は、同意を求めるマリウスに微苦笑だった。

しかし、こんな天使が我が子で内心さぞ誇らしいだろう。桜なら、自慢にしかならない。

「――ということだ。我らが天使、マリウスがご機嫌ならば、それでよしとしようじゃないか」

「そうだよ、ハビブ。実際、退屈するほど仕事から離れるだなんて、おそらくは一生に一度だ。これが最初で最後だろうからね。君がこれを機に、もっと遊べる豪華客船を造るなら別だけど」

「考えておくよ。どうせなら宇宙客船ラグジュアリー号でも」

四方からクスクスと笑われ、とうとうハビブも開き直った。

（冗談にしてもスケールが違うな）

桜も安堵して、胸を撫で下ろす。

「それはいい。ぜひとも訓練なしで乗船できるものにしてくれ。更には無重力を解決してくれたら、言うことない」

「ついでに火星あたりに別荘地」

「僕、遊園地がいい！」

「了解」

この手の話には馴染みがあるのか、友人たちのノリもいい。

ハビブは背後に立っていたＳＰに利き手を差し向ける。スッと差し出されたスマートフォンを受け取り、手際よく画面を弄（いじ）っている。

「メール？」

「今のをそのまま企画提案として担当者に送った」

これも冗談のうちなのか、本気なのか。ハビブが説明している間にも、スマートフォンが振動する。

それを見たフォールとクレイグが興味深げに首を傾げた。

彼らを囲む海と空は、次第に会話とはそぐわぬほど色鮮やかなトワイライトに染まり始める。

「――で、返事は？」

「〝せめて潜水艦（せんすいかん）レベルでご検討を願えませんでしょうか？〟だって。〝宇宙よりは深海を目指すほうがまだ現実的かつ企画達成率も上がる。しかも、潜水艦の技術提携なら日本企業に当てがある。了解をいただければ即日交渉にかかりますが？〟と、きたものだ」

「ナイスジョークだ！　君の部下は素晴らしい。僕のところにもほしいくらいだ」

さすがと言えばさすがだった。この主にして、この部下ありと言うべきだろうか。

桜は「うまい返しだな」と、感心しきりだ。これに対してハビブがなんと返すのかは本人のみぞ知るだが、八神たちも肩を震わせている。

「この調子で企画をバンバン送り続けたら、素敵なジョークを楽しむうちに横浜へ着くよ」

「それは名案だ。日本のことわざにも〝果報は寝て待て〟というのがある。ここでゴロゴロしながら、新事業が立ち上がったら、君の退屈にも意味と財が生まれる」

「いや。それはそれで楽しそうだが、バカンスの意味がなくなる。休む、遊ぶと決めたら、それに徹したい」

「毎日遊んでるから、遊び飽きてるくせに」

クレイグとやりあうハビブに、それとなく八神が加わった。

桜がいっそう耳を澄ませる。

「魁。何か言ったか？」

「いや。何も」

意外とぶっきらぼうだった言い方に、桜は我が耳を疑った。

「自分が思うように遊べないからって、俺に八つ当たりをするなよ」

「聞こえてるんじゃないか」

マリウスを挟んで、子供じみた会話を続けている。

だが、ここで桜は初めて二人が本当に親友だったのだと思えた。

乗船直後からハビブに「同い年の親友なんだ」と紹介されたものの、あまりに二人が対照的すぎた。ハビブはこの調子でまったくブレがない上に、八神は八神で口数が少なく、常に受け身で聞き役のようにしか見えなかったからだ。

こうした切り返しができるというよりは、する人だったんだ——という発見や驚きも大きい。それも嫌な意味ではなく、いい意味でだ。

(物静かというか、鉄板的な印象は、八神様なりのＴＰＯだったのかな？　俺たちクルーの前では隙がなくて、身内だけになると少しは崩れる……みたいな)

理にはかなっていた。きっと彼なりにオンオフがあるのだろう——と。

「まあまあ。落ち着いて」

「ハビブも魁の立場はわかっているんだろう。これ以上、暇だ退屈だと言い続けるのは、彼に失礼だし気の毒だよ。この船旅にマリウスと彼を誘ったのだって、君や我々なのだからね」

しかし、こうなるとハビブの宥め役は完全にフォールとクレイグらしい。

「——それは悪かったな。あ、そうだ。なら、魁を含めてみんなで愉しめるゲームをしようじゃないか」

「ゲーム？」

「そう。やはりこの世で一番夢中になれる遊びは、ラブゲームだ。これなら魁も参加できるだろう。たとえマリウスの子守をしながらでも」

「ラブゲーム？」

「それって魁に、子守をしながらナンパをしろってことかい？　さすがにそれはフェアなゲームではないよ」

相変わらず突拍子もないことを言い出したハビブに、二人がかりで「なんだそれは⁉」と聞き返す。八神にいたっては、呆然としているようだ。

「そうか？　人の好みなんて千差万別だ。フォールのような軽めの美中年を好む者もいれば、クレイグのような渋いダンディを好む者もいる。当然、俺のようなフリーを好む者もいれば、天使を抱えたシングルファーザーを好む者だっているはずだ。なあ、マリウス。マリウスも、ママがほしいよな～。仮に港に着くまでの間でも」

「うん。ほしい！」

「マリウス」

「決まりだな！　では、早速ゲームのルールから決めよう」

ただ、ここではっきりしたのは、ハビブとマリウスのノリには大差がないことだった。

マリウスが意味も考えずに返事をするのは仕方がないとして、大の大人が同じ調子で物事を決め、実行しようとしているのはどうしたものか？

（――ちょっと待て、それって本気か？　いや、暇つぶしのゲームなんだから、遊びは遊びなんだろうけど……）

桜は身を乗り出して、ラブゲームのルールを決めていくハビブに双眸を開く。

しかし、こんなときに限って、内ポケットの携帯電話が震えた。

そろそろ休憩時間が終わる。セットしていたアラーム機能が、それを伝えてきたのだ。

(でも、乗船している女性客は大半が男性連れだ。他はお客様との恋愛は絶対禁止のクルーぐらいなもので。どちらをターゲットにされたって、ただのトラブルだ。最終的に迷惑にしかならない。そうでなくたって、彼らはツアーの初日から目立ちまくりのグループなのに……)

桜は後ろ髪を引かれる思いで、いったんその場から離れた。

デッキから担当部署であるメインのダイニングレストランへ向かう。

(だいたい八神様は、本当に参加するのか？　マリウス様がはしゃいでいるのは、ママがほしい本心。切実な幼心からかもしれないのに……)

数分後には、「やはりやめたほうがいい」とフォールなりクレイグなりがハビブを止めてくれることを祈りたい。

むしろ「馬鹿を言うな。そんなゲームはできない」と、八神には怒ってほしい。

しかし、ハビブの奔放さは生まれつきであろうし筋金入りだ。

それを思うと、桜は足早に移動しながら腕時計に目をやった。

休憩終了までは、あと十分ある。

(——駄目だ。やっぱり気になる。一応上に報告だけはしておこう。ちょっかいをかけられて、大事になってからじゃ遅いからな)

胸ポケットから携帯電話を取り出し、桜は先にレストランフロアへ「少し遅れる」と連絡を入れた。その後は織田に直通電話をし、「相談があるので」と十分だけ時間をもらった。

2

ブリッジ傍——談話室。

桜にしても、わざわざキャプテンや幹部たちの時間をもらうのはどうだろうか？　と、首を傾げる内容であることは、承知していた。

しかし、耳にしたことは無視できない。他の誰かならまだしも、発言したのが冗談とも本気とも区別がつかないハビブではなおのことだ。

仮に彼らが冗談レベルでナンパに及んだとしても、相手が本気にしてしまうかもしれない。

それも困るが、そういうこと自体が嫌な者だっている。ＶＩＰ客相手では、嫌な顔もできないまま、我慢を強いられる可能性だってなきにしもあらずだ。人の好みは千差万別なのだから、誰もがハビブたちのアプローチを歓迎するわけではないだろう。

兎にも角にも、桜は見聞きしたことを織田たちに説明することにした。もしかしたらクルーが絡むかもしれないゲームだけに、接客の場に一番かかわる部署のオフィサーである徳川と豊臣にも同席してもらう。

「——ということです。私の危惧かもしれませんが、一応クルーたちには恋愛禁止などの乗船規約の再認識を促した上で。プライベートに関しては、たとえお客様が相手であっても、意に染まない要求に対しては拒否権があることを伝えてもらえないでしょうか？　ちょうどツアーも折り返したところですし、残りの旅を何事もなく終わるためにも」

しかし、桜の危惧は「なんだそんなことか」と笑って流された。

「そう固いことを言わないで。乗船規約に関しては、クルー全員が最初に説明を受けて、理解し、納得の上で契約していることだ。それを自ら破るときには、それ相応の覚悟をもってと解釈するしかない。全員、いい大人なのだから」

「そうだよ、桜くん。それに、こう言ってはなんだがね。クルーの中には、初めからリゾートラブで富裕層ゲットを夢見るシンデレラガールやボーイも少なくない。はなからそれが目的の場合、心配したところで、馬に蹴られて死んでしまえになるだけだろう」

「きっかけはどうあれ、本当の恋が生まれないという可能性もなくはない。なにせ、ラブゲームを企画している彼らは全員独身者だ。案外本気の花嫁探しになるかもしれないしな」

もしかしたらもっと最悪な相談をされることを想定していたために、こんな話でよかった――と、気が抜けたのかもしれない。

確かに事故が事件がと言われるよりは、これぐらいの話だ。

今の時点では、殺人や盗難は起こっていないし、大怪我や大病をした者も出ていない。

しかも、彼のルール決定までは聞いていないので、ラブゲームといっても船内でのナンパ競争ぐらいしか想像もできない。

それこそ今日は何人の夫人とお茶をしたという可愛いレベルかもしれないし、横浜到着までに何人を部屋に連れ込んだという物騒なレベルかもしれない。

織田たちの判断では、いずれにしたってリゾートラブの域だろうと思っていそうだが――。

「まあ。そんなに心配なら、常に現場にいる君が気をつけたらいいよ」

「そうそう。何も我々が注意しなくても、みんなちゃんと君の言うことを聞くだろう」

「頼りにしているよ。桜くん」

だが、だからといって。三人揃って現場に丸投げという態度には、桜もカチンときた。

彼らの言わんとすることもわからないではないが、すべてを自己責任、本人任せにする前に、たったの一言ぐらい注意することの何が面倒なのか⁉　と思ってしまうからだ。

まあ、それ自体がどうこうよりも、彼らにとってはハビブたちが面倒なのかもしれない。

下手にかかわりたくないのが本心かもしれないが――。

「わかりました。確かにそうですね。クルーは自己責任を負える成人でした。ただ、全員が独身者というわけではないですから、何かのときには家族側から会社の管理責任を問われる可能性はゼロではないです。また、乗客からのナンパをセクハラ、パワハラと感じる者も中にはいるでしょうから、そこだけはご忠告申し上げておきます。私は一派遣社員ですが、キャプテンたちは、そうもいかないお立場かと思いますので――」

それでも、後味が悪くなることだけは避けたい。

桜は、何かの際の責任の所在だけは、この場ではっきりと伝えた。

「ちょっ、桜くん！　だったら君が、既婚者だけはマークしてくれ」

「そうだよ。とりあえず既婚者だけでも！」

「桜くんっ」

桜の態度に慌ててはいたが、それでもクルーの管理を押しつけようとする織田たちには、腹立たしさが隠せない。桜は笑顔で「失礼いたしました」と挨拶をして、談話室をあとにする。

その足で職場のレストランに向かう。

(知ったことか！　そこまで気を遣うほどの賃金なんかもらってないって。だいたい、クルー管理はオフィサーたちの仕事であって、期間契約終了間近の派遣社員の仕事じゃない！)

誰が悪いというなら、馬鹿なゲームを思いつくハビブが悪い。

それに乗っかったとしたら、八神やフォール、クレイグだって同罪だ。

しかし、もしもこれと同じことが東京で起こったら、相談したのが香山だったら、こんな無責任な返事はされなかったと桜は思う。

少なくとも「退職覚悟の恋愛ならば仕方がない」までは一緒でも、香山なら「嫌なときは断っていい。あとはこちらで対応するし、仕事以外のことで気は遣わないでいいから」と、はっきり言ってくる。自社の社員を守ってくれるからだ。

実際、桜にはその経験があった。

〝――申し訳ございませんが、支配人。我が社はサービスマンを派遣しているのであって、ホストやホステスを派遣しているわけじゃありません。たとえ派遣時間内であろうが、お客様と基本的な接客以上のサービスや接触をさせることは一切許しておりません〟

あれはまだ、桜が香山配膳へ転職したばかりの頃だった。

派遣されたホテルの宴会場で、そこの大株主だという客たちに絡まれた。

酒の上でのこととはいえ、配膳中に幾度となく「綺麗な兄ちゃん」だとか「こんなところより似合う職場がありそうだ」と言われ。また、数万円のチップを出して「一晩どうだ」と誘われたのも許せなかったが、突然背後から抱きつかれた桜は、配膳中だった汁物を周囲の客に飛ばないようにしたために、自分がかぶることになってしまった。

その結果、桜は両手と首筋に軽い火傷を負い、場内はいっとき騒然となった。

ただ、それに対して抱きついた客は居直り、謝罪はなし。ホテルの支配人は、「もう少し臨機応変に対応してくれれば」と言ってきた。

これに返せる言葉が、桜にはなかった。そのときは、そう言われても仕方がないと反省もした。自分が粗相をした事実に変わりがなかったからだ。

しかし、ここで一緒に派遣されていた仲間が、「自分の責任を押しつけるな」と憤慨した。

そして、連絡を受けて駆けつけた香山にいたっては、それ以上に激怒していたのだ。

〝それを踏まえてなお、臨機応変にとおっしゃるなら、そちらの社員でなさればいい。桜は香山配膳の人間です。私の社員ですから、そこはお間違えのないようにお願いしたい。もっとも、臨機応変にクラブホストまがいな接客を要求されるようなホテルに、今後うちから社員を派遣することは二度とありませんが——。これにて、失礼いたします〟

その場で縁を切ることまで宣言した。

〝ふん！　たかが派遣会社の分際で生意気な。もういい！　代わりはいくらでもいるんだ。あんなところは二度と使うな〟

当然相手も怒っていたが、香山は宣言どおりに縁を切ったし、そこへ香山から派遣が行くことは二度となかった。

あまりの事態に桜は申し訳なさでいっぱいになった。

香山に対しても謝ること以外、思いつかなかったほどだ。

〝――すみませんでした。俺がうまく対応できなかったばかりに〟

〝謝ることはない。桜はできる限りの対応はした。極力お客様に恥を掻かせないようにも振る舞い、限界までは耐えただろう〟

だが、香山は笑っていた。それも桜への気遣いからではなく、心からだ。

〝社長……〟

〝けど、そういう状況に対して正社員が止めもしなければ、粗相にいたったのもお前の対応が悪いからだと責任を押しつけてきた。こんなのはただの言いがかりだ。経営者が代替わりして変わってきたとは聞いていたが、正直言ってここまで杜撰なホテルになっていたとは思わなかった。先代が哀れだよ〟

そして、このとき桜は、初めて〝責任の所在〟について考えさせられた。

桜自身は、支配人の「臨機応変」に納得させられていた。前職でも似たようなトラブルがあり、上司どころか同僚からまで「罪な男だな」と苦笑いをされて、責任は自分とその容姿にあると思い込んでいた。それでプランナーから宴会場へ異動したのもあったのだが、この手の「絡まれ体質」が変わることはなかった。

ただ、そんなときに、たまたま派遣で来ていた香山と出会った。

香山は「え？　君自身は何も悪くないじゃない。仕事もちゃんとしているし。よかったらうちに来ない？」と言ってくれた。

桜が会社を辞めて香山配膳へ移ったのは、認められて嬉しかったからというよりも、ただの逃亡だったと思う。職への意識がはっきりと変わったのは、香山配膳の一員として現場へ出向き、そしてこの出来事があってからだ。

〝いいか、桜。これだけは忘れるな。酒の席とはいえ、俺たちサービスマンが弾けすぎた客のセクハラやパワハラに付き合う義務はない。そういった客に対しての対応や、今後の出入りを判断するのはホテル側の仕事であり、管理側の責任だ。現場の独断で我慢することはない〟

香山は一度懐へ入れた人間は、とことん守り抜くことを信念とする社長だった。

一流ホテルの社員が憧れる派遣会社。

最初は意味がよくわからなかったが、そこまで言わしめるのは実力主義だけではない。この香山の徹底ぶりが、よりよい仕事人を惹きつけるのだろう。

〝そもそも必要最低限のライン引きができない、客を選べないホテルは自然と格が落ちる。そして、一度落ちた格は戻すのが難しい上に、本来いたはずの上質な客をも逃がすことになる。一流が一流を貫くには、ときとして毅然（きぜん）とした態度で客に向かうことは不可欠だし、ひいてはそれが常連客からの信頼を守ることになる。お客様は神様じゃない。ましてやただの金づるでもない。サービス業はどちらに意識が偏っても、バランスを崩す。上質なサービスの提供にこそ、このバランスが不可欠だっていうのに。あの支配人は何もわかっちゃいない〟

桜は、これまで生きてきて、あのときほど胸が熱くなった感覚をいまだに知らない。

確かに香山はすべてにおいてパーフェクトなルックスと能力を持っていたが、それより何より信念が強かった。引力と呼べる力を持っていたからだ。

〝気にするな。俺があのホテルを見限ったのは、登録社員を守ると同時に、自社の信頼を守るためだ。香山配膳に寄せられる取引先からの信頼を揺るぎないものにし、また我々が提供するサービスと労働の範囲を今一度明確にするためだ〟

桜の気持ちが、まるで坂を転がり落ちるように香山に向かっていったのは、今にしてみれば自然なことだった。

〝客が我々を選ぶと同時に、我々も客を選ぶ。よりよいサービスを提供したいと願うホテルやレストランに対しての協力なら、相手の規模やランクを問わずこちらも努力を惜しまない。だが、その場しのぎで、欠員の穴さえ埋めてくれればいいという考え方をする相手。適当にやり過ごし、ときには筋違いなサービスを要求してくるような相手なら、無理して付き合う必要はない。これは香山配膳を立ち上げた先代社長、俺の父親の信念だ。どんなに時代遅れと言われようが、俺はこれを守るし、また俺の跡を継ぐ者も守っていく〟

桜は仕事を通して、また香山という人間に尊敬を抱いた。

その熱量は増えることはあっても、減ることはなかった。

〝ただ、それには揺るぎない技術と精神が必要だ。横柄に聞こえるところもあるだろうが、そのつもりでこれからもよろしく頼む〟

〝――はい！〟

ただ、この初めて感じる熱量が、世間で言うところの「恋」だと理解したのは、今からちょうど一年前で――。

あれは、たまたま事務所に立ち寄ったときのことだ。桜が帰り際にトイレを借りたものだから、中津川はすでに誰もいないと思ったのだろう。

ソファでうたた寝していた香山を揺り起こした。

〝晃、お待たせ。終わったから帰ろう〟

〝ん？〟

〝ほら。こんなところでうたた寝をしていたら、風邪を引くぞ〟

普段から物言いが丁寧で柔らかい中津川だったが、このときは特に甘みがあって優しかった。

〝――なんだよ。いい気分だったのに〟

〝いいから、起きろって……⁉〟

起こされた香山も、気分がよくなったのだろう。

自分のほうから両手を伸ばして、抱いてと強請るような仕草を見せていた。

〝忘れてた。寝起きのお前は危険なんだった。けどな、ここはお前の城だ。同時に、登録している社員たちの城であり、誇りの象徴だ。個人に戻るのは帰宅してからだ〟

しかし、それは力強い言葉、揺るぎない信念のもとに「あとで」とされた。

香山はちょっと拗ねたふりをしていたが、中津川の手を借りて身体を起こした。

〝その堅実さが好きだよ〟

そう言って笑った顔には、愛や恋と同じほどの信頼や尊敬があるのだと思えた。

――無理だ。敵わない。

桜が恋と同時に失恋を自覚した瞬間だった。衝撃が大きくて言葉もなかったが、今思い返しても、妬ましい気持ちより羨ましい気持ちが上回っていたと思う。

香山に愛され、信頼される中津川が羨ましい。

そして、ここまで強い信念で結ばれて、一緒に生きる二人が羨ましい――と。


（ここはお前の城。同時に登録している社員たちの城であり、誇りの象徴か。でも、だとしたら。この船は誰の城で、なんの象徴なんだろうな？）

桜の脳裏に、ふとそんなことがよぎった。

こうなると香山たちが特別だったのか、派遣先での上司運が悪いのかはわからない。

ただ、期間限定とはいえ自分が部下を持つ身となった今、できることなら香山や中津川のような部下を守れる上司に、仕事人になりたいと思う。

自己満足なのはわかっている。実際、部下たちがどう感じているかはわからないが――。

（まあ。そんなことはもう、どうでもいいか。俺にできることをするだけだ）

桜は腹を決めると、いったん呼吸を整え、襟を正してから職場へ入った。

そこは、地下一階から三階までの吹き抜けのあるフロアで、客船内で最も広く、そして座席数も多い、乗客たちにとってのメイン・ダイニング。朝食と昼食は一泊代金に含まれている無料のバイキングに有料の単品、夜は無料のセットメニューから有料の単品メニュー、ドリンクやアルコールなどが揃っており、今の時間には生バンドや生ピアノの演奏が入る。

大きなシャンデリアが吊るされた吹き抜けのサイドには、各階にも座席が設けられており、地下一階のフロアから三階までの七割がすでに埋まっている。

桜はまず、全体を見渡した。

すると、朝方熱を出していた部下、武田の姿が目に留まる。ちょうど地下一階のフロアで、八神たちを席に案内しているところだった。

（武田は熱が下がったんだな。風邪の引きかけ程度で回復してよかったが……、あいつ！　前も注意したのに）

桜は武田のミスに気づくや否や、一番近くに置かれていた子供用のチェアーに手を伸ばす。

その場で高さを調整してから、マリウスたちのテーブルへ運んだ。

「あ、桜ちゃん！　会いにきたよぉ！」

足早に寄る桜にまず気づいたのは、マリウスだった。

「――八神様。大変申し訳ございません。こちらに新しい椅子をお持ちいたしましたので、お取り替えしてもよろしいですか？」

マリウスにはニコリと返しながらも、本題は保護者である八神に訊ねた。

「え⁉　あ、ああ。どうぞ」

八神は少し戸惑っていた。交換する理由がわからなかったのだろう。

それでも桜は許可を取ると、マリウスには一度立ってもらい、持参した椅子と取り替えた。

エスコートして再び座り直してもらう傍ら、不要になった椅子は邪魔にならないように後ろ手に置く。

「わ！　さっきよりピッタリ。桜ちゃんすごーい！」

「立ったり座ったりさせてしまってごめんね」

「平気！　こっちのほうがいいもん」

マリウスの感想と笑顔に胸を撫で下ろす。八神たちも不思議そうな顔をしていたが、マリウス本人の言葉で納得したようだ。

――ああ、そういうことだったのか、と。

「失礼いたしました。それではごゆっくり、お楽しみください」

あとは、メニューと水を運んできたスタッフに任せる。

ただ、椅子を片づけに離れた桜に対し、追いかける武田は戸惑いながら声を発した。

「何がどう駄目だったんですか？」

人目につきにくい壁側、パーティションの裏側へ椅子を片づけながら、桜が説明する。

「お客様の言葉どおりだよ。座高と椅子の高さが合っていなかったんだ。このフロアは気分転換のために、何種類ものテーブルと椅子がある。組み合わせも様々だが、シートによって沈み具合も違うから、最初に気をつけてと言っただろう」

「――あ。え？　でも、そんなに違いましたか？」

この説明では納得できないのか、更に武田が聞いてきた。

武田は、大学の夏休みを利用して勤める短期契約のクルー。サービス経験はこの船が初めてで、まだ一ヶ月半程度だった。しかも、このツアーで契約も終了だ。不真面目ではないが、この場限りのアルバイト感が拭えず、こうしたやりとりで何度となく桜をイラッとさせてきた。

武田自身は椅子の注意を受けるのが三度目だし、この顔つきでは「今回はバッチリだ！」と思っていたことだろう。

だが、桜にはこのような部下が百名近くいるのだ。そのうちの半分が武田と似たようなことをやらかし、似たような声かけを必要とする。いっそ、「こんなことを何度も注意しなきゃならないなら、テーブルセットを変えろよ！」と叫びたくなっても不思議はない。

「そう言うなら、一度自分で試して。大人でも食事と寛ぐのでは姿勢が変わる。食事のテーブルが高すぎると姿勢も肘も疲れてしまうし、食べにくい。これが目視でわからないようなら、別のフロア担当と入れ替える。子供は違和感を覚えても、説明ができない。ましてや周りの大人は、ちょっと背伸びをする子を可愛いと感じてしまって、見逃すことが多いから」

織田たちとのやりとりも手伝い、思いのほか桜の口調がきつくなる。

「……っ」

どちらかと言えば、元気で賑やかな武田が黙った。

「――悪かった。言いすぎた。ごめん」

さすがに「フロア替え」はストレートすぎた。しまったと反省が起こる。

短期とはいえ、いざ置いてみた現場に適性がないと判断したら、別のポジションを作って自然な流れでジョブチェンジをするのも、中間管理職たる桜の務めだ。

お客様ならまだしも、どうしてそこまで部下に気を遣わなければならないのかと思うが、パワハラと取られかねない言動は慎むように――が、船会社からの強いお達しだ。

特に客船は限られた空間だ。逃げ場がないだけに、下手に追い込むなということらしい。

そう考えると、仕事は見て盗めだの根性論で働いてきたであろう世代の織田たちが、クルーのプライベートに緩く温い対応になっているのも頷ける。先ほどのラブゲームの件にしても、ここまで仕事で部下に、若手に気を遣っているのに、これ以上知ったことか！　という結果だろう。

こうなると、桜にとっては、そんな彼らの感覚を少なからず察してしまったことのほうが衝撃的だ。二十代後半は若手寄りだと思っていのに、これでは四十代、五十代寄りだ。

不本意だが、立ち位置は実年齢よりも確実に心を老けさせるようだ。

「いいえ！　俺のほうこそちゃんと理解できていなくて、すみませんでした。言われてみたら、納得しました。確かに俺も、着席後に少し背伸びをしていたマリウスくんが可愛いな～って思いました。でも、そうですよね。可愛いよりも楽な姿勢で過ごしてもらうことが、我々の仕事ですもんね」

それでも今回は、武田の性格には救われた。彼なりに納得できるキーワードが得られれば、こうして理解をするし、一度納得してしまえば次はきちんとしてくれる。

「なら、今度からは、その場で椅子の高さを本人と確認して。そこで多少の時間をかけても、楽な姿勢に調整をしてからオーダーを受けるように。余裕があるなら二人ひと組で案内に当たれば、接客の流れを止めることもないから」

「はい！」

そして、こうしたやりとりから、桜自身も新たな説明の仕方や対応策を発見する。

口にしてみれば、もっと早く気づけばよかったという内容だが、これがある意味香山や一流と呼ばれるホテルマンの中で育ち、培った〝落とし穴〟だ。この程度なら、言わなくてもわかるだろう。一度言えば納得するだろうと、自然に考えてしまうからだ。

「——あ、でも、本当にごめんな。俺が口うるさいのはわかってるから」

ここにいるのは香山の仲間じゃない。目線一つ、仕草一つで、何をして欲しいかが通じる相手でもない。

それはクルージングの最初の時期に、嫌というほど実感した。

——高級を謳うには、技術も気配りも物足りない。

だが、それをお客様に悟られるようなことがあってはいけない。

桜が部下の一人一人を細やかに見て、また指導に当たっているのは、少しずつでもサービス技術を上げていくため、そして精神を育てていくためだ。

「そんな――。また一つ勉強になりました。というか、自分がまだまだなんだと知ることができたので」

「そう言ってもらえると助かるよ」

桜は、子供椅子対策に関しては、あとで部下に一斉メールをしようと決めて、武田と共にフロアへ戻った。

「いらっしゃいませ」

華美で綺羅なフロアには、スーツやイブニングドレスに身を包んだ乗客が集う。

桜にとっては毎日が戦場だ。

幾度となく襟を正して、各テーブルに挨拶をし、新人の接客補助に回る。

「グラスワインをお持ちいたしました」

「ありがとう。今夜はお寿司でもと思ったけど、やっぱり桜さんの顔が見たいからこっちへ来ちゃったわ。主人もあなたのファンなの。ね」

「まあな」

「ありがとうございます。どうかごゆっくりお楽しみください」

すでに顔馴染みも増えていた。改めて見ても、このツアーは年配の夫婦が多い。

桜ほどの年齢でも、「孫みたいで」と言われることがあるぐらいだ。

しかし、それだけにハビブが言っていたラブゲームのターゲットになりそうな二十代から三十代の女性は、圧倒的にクルーだ。

「桜チーフ。八神様たちがお部屋にお戻りです」

——などと思っているうちに、スタッフの一人が耳打ちをしてきた。

桜は「わかった」と答えてから、足早に出入り口へ向かう。

地下一階のメインダイニングレストランに設置された階段とエレベーターは前後に二ヶ所。そのうち前方にある一ヶ所には、客室最上階のルームキーがなければ使用できない専用エレベーターが一台設置されている。

「本日もご利用いただきまして、ありがとうございました」

桜は、そこまでマリウス一行を見送りながら、エレベーターボタンを押した。

「さっきは我らが天使に、特別な気遣いをありがとう、桜。乗船してからずっと思っていたんだが、君は素晴らしい観察力と心配りの持ち主だ」

すると、常に淡々と仕事をこなす桜に、ハビブが極上の誉め言葉を送ってきた。

ディナーが気に入ったのか、これから楽しいゲームが始まるという機嫌のよさなのか？

桜は、あのあとプールサイドで何が語られたのか、気が気でなかった。

（明日、明後日はオフだしな——。むしろ彼らの様子を窺うなら、都合がいいのかな？）

頭では別のことを考えるも、笑顔で答える。

「マンスール様。お誉めいただきまして、ありがとうございます」

「だが、それはいただけない。そろそろ俺のことはハビブと呼んでくれないか？　どうも堅苦しくて落ち着かない」

とはいえ、なんだかいつもと話が違った。妙にフレンドリーだ。

「しかし、お客様に対しては苗字でお呼びする決まりが」

「マリウスは名前じゃないか」

「失礼いたしました。それでは八神様とお呼びするようにいたします」

「そういうことじゃない。固いな、君も」

ポンポンと肩を叩かれて、桜は「ん⁉」と首を傾げそうになる。

そこはグッと堪えたが、何が言いたいんだ？　何か知らずにミスでもしたか？　と、考え込んでしまう。

「――まあ、だからこそ。職務意識を除いたオフの姿に興味が起こる。好奇心をそそられる。ぜひとも見てみたいと心が騒ぐんだろうけどね」

「え⁉」

ポンポンされた肩を抱き寄せられて、さすがに困惑して声が出た。

しかし、それと同時にハビブの手が払われる。

「よさないか、ハビブ。君の好奇心は勝手だが、彼は仕事中だ。邪魔になるどころか、今以上に気を遣わせてどうするんだ」

二人の間に割り込んできたのは八神だ。いつになくきつめな口調でハビブを制している。

「あん？　それって何。実は気があるのか？　魁も彼を狙っているってこと？」

「何を言い出すんだ。そういうことじゃなく――」

桜は急に目の前を広い肩で塞がれて、ドキドキしてしまう。

そもそも二人がなんで揉めているのかも、理解が追いつかない。目の前で客同士が揉め始めたところで、桜にとってヤバい！　まずい！　の思考しかなく、鼓動は速まるばかりだ。

「そうなのパパ！　僕、桜ちゃんなら大賛成だよ。僕も桜ちゃんが大好き！　本当はずーっと、一緒に遊びたいなって思ってたんだ！」

「だから、そうじゃなくて」

そこへマリウスまで参加したものだから、八神が声を荒らげた。

桜が反射的にビクリと身体を反らす。

足がもつれかけたところで、後ろから両肩をガッチリと支えられる。

「とりあえず。わがままは承知の上だけど、ここは客側の申し出ってことで、彼のことはハビブと呼んであげてくれない？」

右にフォール。

「そう。できることなら私たちからも〝様〟を取ってもらえると嬉しいかな。いきなりファーストネームで呼びなさいなんて無理は言わないから――。ね」

左にはクレイグ。

「？・？・？」

いきなり呼び方を変えろだの、怒鳴り出すだの、桜には何がなんだかさっぱりだ。

すると、ちょうどいいところでエレベーターが到着した。扉が開いたときは、これこそ神のご加護かと思ってしまう。無神論者なのに――。

「桜ちゃん、まったねー」

「それじゃあ、また」

「ボヌ・ニュイ」

「グッド・ナイト」

ただ、彼らが不機嫌ではない、特に桜に不満があったわけではないということだけは、おやすみの挨拶から伝わってきた。

マリウスは両手でバイバイだし、ハビブは気取ったウィンク付き。

フォールは投げキッスで、クレイグはこうなると普通だ。クスっと笑っただけだ。

「奴らのことは無視していいから。君は君の仕事をして。じゃあ」

「――はい」

しかし、八神だけは疲れきったような口調かつ不機嫌丸出しで――。

桜はエレベーターの扉が閉じるのを見届けたあと、少しだけ眉を顰めた。

「いや、仕事だから無視できないんだけど？」

完全にその場に一人になると、妙に感情が高ぶるまま、愚痴を零してしまった。

3

（これまでとは何かが違う。かといって、嵐の前の静けさでもない。むしろ、祭りの前夜？　けど、八神様だけはイライラしていた。俺に対してではないだろうけど……。仲間割れでもしたのかな？）

昨夜の八神たちの態度が気になり、桜はよく眠れないまま起床した。

せっかくのオフ。それも二連休だというのに、朝寝坊もできずに目が覚める。

習慣だから仕方がないが、なんとなくもったいない。それでも二日続けてベッドとデスクの間に沈んでごねるのもどうかと思い、桜は朝食を屋上のカフェテラスで取ることにした。

シャツにジーンズというラフな私服で船内を歩くのは、それだけで気分が変わる。

今日も憂鬱（ゆううつ）なぐらい海と空のパノラマが広がる。

しかし、運がいいと渡り鳥や飛行機、他の船の姿が見られる。桜はそれを期待してこの場を選んだのだ。

「おはようございます、桜チーフ。今日はオフですか？　私ももうすぐ上がりなんですけど、ご予定がなければ、映画でもいかがですか？」

今朝は空いていたためか、桜は四人席に案内された。

水とメニューを持ってきた若い女性クルーに声をかけられる。

「こら。ここで〝チーフ〟は禁句だろう」

桜はメニューを見ながら、緩い口調で釘を刺す。私語への注意ではなく、オンオフの切り替えへの注意だ。小うるさいことは言いたくないが、隣席には乗客たちがいた。立場を変えたときには、彼女のプライベートもまた守りたいと思うからだ。

「あ、すみませんでした」

「次はアップしてから誘って。とりあえず、モーニングセット。ドリンクはアイスコーヒーで」

「かしこまりました」

桜がニコリと笑うと、相手にも意図は通じたようだ。

それで本当に誘われたら同行するのかと聞かれたら、大概はノーだ。

桜は上下問わずグループ行動には付き合うが、一対一での同行はまずしない。立場上というよりは、単に面倒くさいのだ。

この対応は相手が誰でも一貫しているので、桜のオフは一人か団体と周知されている。

それを承知で誘う相手の好意に対して、桜のスルー力がとても高いだけで――。

(まあ、そうは言っても機械じゃないからな。このオンオフの切り替えが楽しいのは最初だけ。意識して守ろうと思うのも、せいぜい一ヶ月だ。職場と私生活が混在しているって、本当に難しい。そう考えると、宇宙飛行士って使命感と同じぐらいドMの要素がないと厳しいんだろうな。マグロ漁船どころじゃない。何年も闇のパノラマとか、俺なら想像しただけでストレス発作を起こしそうだ)

「お待たせしました」

「ありがとう」

桜の前には、厚切りトーストにバターとジャム、ゆで卵にプチサラダ、そして十種類の中から選択可能なドリンクのシンプルなモーニングセットが載ったトレイが置かれた。

景観を含めたこのセット価格は、税込み千円。まだお手頃なほうだ。

船内ではルームキーか身分証明書でレジをすませ、クルーの場合は給料精算、乗客なら下船時のクレジット精算となっている。

(高いが美味い。当たり前だが、食堂のものとは素材が違う)

もっとも当船の場合、乗客ならメインダイニングレストラン、クルーならば社員食堂ですませる限り、一日三食が保証されている。いずれもその日のメニューは限られるが、日替わりセットの他に定番の麺類が充実しているので、そこですませれば余分な食費はゼロだ。貯金のためだけに乗船したクルーなどは、頑なにそれを守っている。

だが、大半の乗客やクルーは、二日に一食程度は、こうした有料食を選択している。クルーと乗客のトラブルは御法度として、船内にはクルーが私服で出入りすることを許されているショップやカフェ、イベントの類いもそれなりに充実しているからだ。

観光入港の際、地元食を楽しむというケースも多いが、いずれにしても飲食や買いものの楽しみは、クルージングには不可欠ということだろう。乗船歴の長いクルーたちなど、このあたりのさじ加減がとてもうまい。

そして、今回のような乗船中心のツアーになると、入港回数が少ないこともあり、クルー専用フロアにある有料カフェ&バーも連日満席だ。乗客に気を遣うことなく、仲間と騒ぎたければ専用フロア内を利用すればいいし、プライベートを優先、堪能したければフロアの外へ出ればいいということになる。

(――お！　汽笛が鳴った)

黙々と食事を進める中、ファーストプリンセス号が汽笛を鳴らした。

桜は目を細めて、パノラマの水平線を見回す。

すると、運よく視線の右斜め前方に小さな船を捉えた。返ってきた汽笛のヘルツの高さで聞き分けるなら小型船だ。中には席を立って、手を振る乗客たちもいる。

(なんて平和な――。まあ、本来はこの緩さが長期クルージングの醍醐味だよな。働き続けてようやく一息ついたような老夫婦にとったら、人生においてのバカンスだ。暇と退屈こそが最大の贅沢で。暇つぶしに宇宙まで進出しようとするセレブ様たちとは、違うもんな)

ただ、せっかく貴重な他の船を見ていたというのに、桜の視界を遮る者たちが現れた。

「おっはよーっ！　桜ちゃ〜ん」

八神と手を繋いだマリウスが、キャッキャしながら声をかけてきた。

だが、天使はいい。どこまでも天使だから――と、桜も笑って「おはようございます」と応える。

しかし、許可もないまま、大の大人に相席を埋められるのはいかがなものか？

桜の右には、クレイグが「失礼」と腰を落ち着けた。

「おはよう、桜。今日明日は確かオフだよね？　何か予定はあるのかい？」

「はい。せっかくなので観劇でもしようかと」

「それは素敵な偶然だ。私もそのつもりでいたんだ。よかったら一緒に――。もちろん、素敵なランチ付きで」

突然右手を取られると、手の甲にチュとキスをされた。

（は⁉）

驚きの声を上げる間もなく、左手はハビブに取られ、握られる。

「なら、俺とはディナー&カジノで。ドが付くほど真面目な桜だ。合法とはいえ、足を踏み入れたことがないんだろう？　仕事以外では」

「マンスール様？」

「ハ・ビ・ブ・だ」

右手同様、彼にも手の甲にキスをされた。

「……ハビブ様⁉」

理解不能な誘いが続いて、会話が成り立たない。

桜は言われるままハビブの名前を口にするも、困惑して左右を見回してしまう。

すると、今度は背後からフォールが顔を覗き込んできた。

「では――。ハビブに散財させたあとは、月を見ながら年代もののワインでも。ここのラウンジバーの品揃えはとても趣味がいい。ソムリエクラスの舌を持つ君と僕なら、さぞ話も合うだろうと思うんだ」

「フォール様？」

生まれて二十七年。こんな間近に他人の、それも同性のウェービーな前髪を見たのは初めてだった。困惑が混乱に変わる。

隣席の乗客たちも、目のやり場に困りつつ、様子を窺っていた。

それを見た八神が、思いきり「――はぁ」と溜息をつく。

「パパもデートに誘いなよ。どうして黙ってるの？　ハビブたちに桜ちゃんを取られちゃうじゃん」

「マリウス」

しかし、ここで初めて桜はハッとした。

さも当然のように発したマリウスの言葉に、ようやく状況が飲み込めたからだ。

――俺はナンパされていたのか！　と。

「すみません。失礼ですが、揃いも揃って朝からなんのご冗談ですか？　しかも、デートって。変な勘違いを子供にさせたら、駄目じゃないですか」

自分でも口調が接客になっていないことは感じていたが、この場だけは取り繕うことができなかった。

両手を払って席を引き、まずは近すぎる三人と少しでもと距離を取った。

「冗談なんて、とんでもない。俺たちは本気だぞ」

「そう。旅も気がつけば折り返しだ。このまま終わってしまっては、悔いを残す。ここは一個人としても、君との思い出を作りたいと感じた。だから、こうして誘っているんだよ」

　すると、ハビブとフォールが更ににじり寄ってきた。

「桜のことは、この旅が始まったときから、ずっと素晴らしいクルーだねってみんなで話していたんだよ。その洗練されたビジュアルもさることながら、サービスの基本的な技術が素晴らしい。これだけでも称賛に値するところだ」

　一拍遅れてクレイグもくる。

「しかし、ある程度までのサービスならば、私たちも慣れている。仕事柄世界中の高級ホテル、レストランでサービスを経験しているし、家に仕える者もそつがない者たちばかりだ。でも、そんな私たちでさえ、桜の自然な心配りには幾度となく目を奪われてきた。まるで香山と再会したようだと」

　年配の落ち着きのある声色でじっくりとこられると、桜も「馬鹿を言え！　だからって、ふざけるな!!」とは言えなかった。

　クレイグがそれとなく発する圧力は、八神に感じる重厚戦車なそれとはタイプが違う。

　年季の入った色艶（いろつや）が足されるので、どう対応していいのかも思いつかない。

　甘美な香りがする真綿に、全身を包み込まれるような感覚になる——これから絞められる恐怖も伴うということだ。

これなら鉄板に向かってドンと体当たりするほうが、桜的には潔くて楽だ。

しかし、それでもクレイグから発せられたこの名には、自然と身を乗り出してしまう。

「香山？」

「あ、失礼。君を誰かと比較したわけではないんだよ。もしかしたら聞いたことぐらいはあるかな？ まあ、なかったとしても、日本には香山配膳というトップサービスマンのみが集う派遣事務所があるんだ。それこそ世界に支店を持つような一流ホテルが口を揃えて〝できることなら登録員全員を我が社にほしい。それが無理なら一人でも〟と言うような、素晴らしい事務所がね」

一瞬、香山――同性――に惹かれたことのある自分を見抜かれているのか⁉ と驚いた。

しかし、そういうことではなかったようだ。

「そう……ですか。ありがとうございます」

安堵と同時に自然と顔がほころんだのが、自分でもわかった。

ただ、これは仕方がない。自分で自分を許す。

（よかった。少なくとも香山の名前に泥を塗るような仕事はしていない。こうしてきちんと評価してくれているお客様がいたってことは、思いがけないボーナスだ）

桜の中で下船に、そして都会の最前線復帰へ新たな意欲が起こる。

「だから、ね。桜」

しかし、それも一秒後には粉砕だ。クレイグに今一度きゅっと手を握られて、「ひっ！」と声が漏れた。

「いえ、でも！　それとこれはお話が別なので、遠慮させていただきます。私はあくまでも当船のクルーですし、たとえオフであっても、お客様とは……。しかも、デートだなんて絶対に禁止です。規約もありますので、お気持ちだけ受け取らせていただきます」

両手を振りながら、全力で辞退する。こうなると桜は、全身を包み込んでくる真綿の中から抜けようと、必死に足掻いている状態だ。

「思ったとおり。やっぱり実直かつ固いね。魁に勝るとも劣らない」

「しかし、だからこそ堕とし甲斐がある」

遠慮を通り越して、完全に拒絶している桜に、フォールとクレイグがふふっと微笑む。真綿で包まれるどころか、縄までかけられた気分だ。もはや布団で簀巻きにされた心境に近い。

「平気平気。そんな規約は気にするなって。それに許可ならもう上に取ってある」

ただ、今にも彼らの重圧に埋もれそうになっていた桜だったが、さすがにこれは聞き捨てがならなかった。

「本当、彼らは素晴らしいオフィサーであり、上司たちだ」

「うん。あとは君が笑ってイエスと言うだけだなんてね。マイ・ハニー」

声にならない「なんだって⁉」を心で叫び、簀巻きを吹っ飛ばす勢いで立ち上がった。

そして残っていたアイスコーヒーを一気に飲み干すと、

「その件に関しましては、確認してまいりますので、少々お待ちいただけますか」

完全にぶち切れて素に戻り、冷笑だけを残してその場から去った。

「桜ちゃんっ！」

今だけは天使の呼びかけも耳に届かず、私服のポケットから携帯電話を取りだす。

「もしもし、桜です。おはようございます。キャプテンに折り入って伺いたいことがありまして、至急談話室にお越し願えますか？　――いいえ、誰がなんと言っても今すぐです。できましたら徳川ホテルマネージャーや豊臣イベントディレクターの同行もよろしくお願いいたします。――無理？　それって今日にでも百姓一揆を起こしていいってことですかね？　俺の用件は、わかってますよね⁉　それともこの場で事務所に電話をかけて、弁護士の手配をしてもらいましょうか？　あなたたち俺を売ったでしょう！　俺を落ち着かせたければ、今すぐ招集ですっ！　この続きは談話室にて、以上！」

デッキを猛進しながら、談話室に織田たちを呼び出した。


桜が談話室に入ると、すでに織田、徳川、豊臣が顔を揃えていた。

ブリッジ傍の一室だけに、不穏な空気が伝わるのだろう。自動操縦の管理を任された明智は、いつになく強張（こわば）った顔をしていた。微かに背筋が震えているのは、織田の傍でやりとりを聞いていたから。桜の口から、よもやの「百姓一揆」発言を聞いたからだ。

なにせ、クルーの大半が契約社員な上に、桜は一般クルーから逆転大奥を望まれるほど人気のある中間管理職だ。それをセレブ相手とはいえスケープゴートにしたのだから、桜がその気になったら本気でクルーのストライキぐらいは起こせることが想像できた。

もしくは、仕事はきっちり果たしても、気がついたらどこかの小説のように〝そしてオフィサーはいなくなった〟現象だ。何をどう想像しても悪い方向にしか考えが浮かばない。

そして、それは桜をハビブたちに売った当人たちならなおのこと――。

「まあまあ、落ち着いて。暇を持てあました彼らをどうにかしたほうがいいと提言してくれたのは、そもそも君だろう。桜くん」

「そうだよ。君ならすでに彼らのデートの誘い、イコールゲーム性を理解している。どんな誘いもうまく躱せるだろう」

「そうそう。既婚者に声をかけられて、おかしなことになったら取り返しがつかない。厄介なことになると助言してくれたのは、君じゃないか。それで我々も苦汁の判断をしたんだよ。やはりここは君に任せようって」

ものは言いようとは、よく言ったものだった。織田、徳川、豊臣の三人は、まるで前もって打ち合わせでもしていたかのように、つらつら言い訳をはいて、桜を説得してきた。

「何を任せるんですか？　結局は俺に彼らのラブゲームの相手をしろ。ターゲットになって適当に口説かれて、向こうの調子に合わせて、ヘラヘラしておけって言ってます？　もしかしたら、何されても笑って耐えろよって意味も含まれてるのかな～？」

「いや、そこまでは！　なあ、徳川マネージャー」

「そうだよ。ゲームとはいえ、恋は未知数だ。そうだろう、豊臣くん」

「そうそう。それに、桜くんなら独身だし、勢いから盛り上がったことになっても、不倫にだけはならないしねぇ。はっはっはっ」

やはり前もって打ち合わせずみのようだ。彼らは話す順番まで決めている。

こうなるとシナリオもあるに違いないと推測し、桜は別の方向から切り崩すことにした。

「そうは言われましても、俺は男ですよ。彼らも全員男性じゃないですか。何、ケロッとした顔で、恋だの不倫だの言って笑ってるんですか。あ、これって新手のパワハラですか？　それともセクハラですか？　いっそ本社にかけ合ったほうが早かったですか？」

「何を言うんだね、桜くん。君は愛に差別をするのかね」

「は⁉」

これは矛先を間違えた。どうやら相手の思う壺だったようだ。

桜が怯んだ一瞬に、織田が猛追をかけてくる。

「だから、そんな閉鎖的なものの考え方をする人だったのかね？　だとしたら、非常に残念だ。君のサービス精神や愛情は、万人にかつ平等に与えられるものだと思っていたのに――」

「いや、それとこれとは……」

「一緒だよ。もちろん、君自身が重んじる愛の形やセクシャリティに関する主義主張は否定しない。だが、我々はいかなる形の愛も自然の摂理、当然のこととして受け止め、お客様への偏見は髪の先ほどもないと主張する。そうだろう、君たち」

「はい！　キャプテン」

「世界を周るファーストプリンセス号は、全人類に平等です」

完全にオフィサー劇場を展開された。

しかし、ここまできっちり返されると、桜も八方塞がりを予感する。

——何が平等だ、相手が桁違いなＶＩＰだからノーと言えなかっただけだろうに！

とは思っても、彼らの持つ基本的かつ本能的な危機管理能力は素晴らしく高いのだ。

海上では無敵のオフィサーたちだ。特に定年間近な織田など大事を小事にし、小事を未然に防ぐことで、今日までパーフェクトなクルージング人生を送ってきている。おそらく、ここにきてハビブたちのような問題客に当たってしまったことが、彼にとっては初めての非常事態だ。

だが、桜は同情も同調もできない。

「でしたら、それならそれでもかまいません。ですが、基本的な規律はどうなんですか？　船上でクルー同士の恋愛は許されても、クルーが客と恋愛関係を持つことは絶対禁止です。発覚次第規約違反で解雇、即日船を下りろは、この世界の常識ですよ」

「だから。それはだね」

「言い訳はもういいです」

目の前には尊敬できない上司がいるだけだった。

桜はこんなところで臨機応変には振る舞いたくない。

「結局キャプテンたちは、俺を船から下ろしたかったってことですよね。小うるさくてクソ生意気な派遣員だけど、派遣会社と本社の関係は守りたい。だから、俺本人に下船の理由を作らせたいってことですもんね？」

「そんなことあるはずないだろう！　おかしな誤解だけはしないでくれ！　だいたいこの話は、向こうが勝手に君を選んだんだ。そして、私たちは彼らからオフタイムなら君を誘ってもいいかと聞かれたので、そこは個人の判断に任せておりますと言っただけだ。なぜなら、昨日も言ったとおり、これまで退職覚悟で乗船客と恋愛をするクルーが何人もいたんだよ。中には仕事の目的そのものが婚活だと言いきって私を怒らせた者もいたが、黙れ既婚者と大泣きされて逆ギレされたんだ。これがそのときに灰皿を投げつけられてできた傷だ！」

とはいえ、さすがに真顔でこめかみに残る古傷を「見ろ！」と指されたときには、すべての感情がリセットされた。

そもそも戦っている土俵どころか次元が違う気がして、桜は口を噤んでしまう。

「わかったかね。そういった過去の事情も踏まえていたから、私はクルーのオフには自己責任をモットーにすることにしたんだよ」

「キャプテン！」

「ご立派です!!」

――本当かよ。

ぼやくことさえ面倒なほど、桜はすっかりしらけてしまった。

「わかりました。では、個人の判断でお断りさせていただきます。断るのも自由だとキャプテンたちから許可を得ましたのでと、言えばいいだけですものね」

すでにこの件に関しては投げやりになっているが、それでも一太刀ぐらいは浴びせていく。

軽く会釈をして、部屋を出ようとした。

「ちょっ！　ここまで説明したのに、そんな殺生な！　彼らはＶＩＰ中のＶＩＰなんだよ！　万が一にも、機嫌を損ねることがあったらどうするんだい」

すると、慌てて引き留めにかかった織田から本音が飛び出した。

「知りませんよ。プライベートでまでお客様のご機嫌取りなんかしたくありません」

「だから、そんなこと言わないで。我々だって無事に定年を迎えたいんだよ。仕事に命を捧げるならまだしも、こんなおかしなトラブルに巻き込まれて、余生を棒に振りたくないんだ！」

今こそ徳川には、この古狸が！　と怒鳴ってやりたくなる。

ようやくこれが〝おかしなこと〟だと認めやがったな！

そう、あいつらの暇つぶしイコールラブゲームの発想が、そもそもおかしいんだよ！　と。

「それに、君には素晴らしい接客力と同時に、彼らの誘いへのド・スルー力があるじゃないか。少しぐらい食事や遊びに付き合ったところで、そのままどうかなることはないだろう？　あ、そうだ。君にはＶＩＰ接待専用の特別任務という肩書とボーナスを乗せよう。オフタイムを接客に使う分には、残業手当も出す。専用のタイムカードも用意するし。万が一他のクルーが何か言ってきても、アフターの特別任務とかなんとか言いくるめておくからさ！」

しかも、これは船内イベントじゃない。変なお膳立(ぜんだ)てをしようとするな！

どいつもこいつも金でどうにかできると思いやがって、腹が立つ！

今すぐ茶室に軟禁されたいか豊臣！　と。

もちろん、声には出さないが。

（この腐れ外道！　こんな船、二度と派遣を出すなと社長たちにチクってやる！）

桜は自分でも下品だ、大人げないとは思ったが、ここぞとばかりに織田たちを脳内で罵った。

それでも声に出さなかったのは、自分が香山からの派遣だから。この件は必ず事務所に報告する、江戸の敵（かたき）は長崎で！　と心に決めたからだ。

「船長たちの言い分はわかりました。では、他のクルーへのフォローだけはお願いします。ただし、これ以上余計な肩書や待遇、専用のタイムカードはお断りします。そんなものを作られたら、オフタイムまで本気で接客しなきゃならなくなる。オフはオフですから、オンとの切り替えは自身の判断でさせていただきます」

桜は一応彼らの言い分を受け入れた形で、自分のほうも受け入れろと迫った。

「もちろん、お客様が相手ですから、無下にはいたしません。ですが、彼らの誘いに付き合うか否かは個人の自由。あくまでも、その場の気分ということで――。以上です」

そして最後は、これまで彼らには見せたことがなかったような美しすぎる、だが冷酷な笑顔で部屋をあとにした。

（なんなんだよ、いったい。もう！）

その後はマリウスの携帯電話に連絡をし、今はどこにいるのかを聞いてから移動をした。

聞けばマリウスたちは先ほど別れた屋上のカフェテラスにいた。

よくよく思い出せば、桜はモーニングセットのレジをまだすませていない。

店側が桜を知っているからまだしも、そうでなければ食い逃げじゃないかと反省が起こる。

桜は最初にスタッフに声をかけ、謝罪と一緒に追加オーダーをしてから席へ向かった。

「さっくらちゃーん。ここ、ここ！　僕のところに座ってぇ」

彼らはすでに朝食を終えて、コーヒーブレイクに入っていた。

四人がけの丸テーブルには椅子が一つ追加されて五人がけになっている。

マリウスが桜を呼ぶと同時に、八神の膝の上に「よいしょっ」と移動して席を空けた。

食事が終わっているので、この人数でも狭さは感じない。

席順は、桜から時計回りで八神、クレイグ、フォール、ハビブ、そして桜に戻る。

着席すると同時に、トレイを持ったスタッフが来た。

「コーヒーをお持ちしました」

「ありがとう」

ごく普通なやりとりが交わされ、桜の前に淹れ立てのコーヒーが置かれた。

ただし、この時点でこのカフェのスタッフたちは、突如開始されたＶＩＰメンズの桜へのラブアタックを知っていた。思いきって桜を映画に誘った女性スタッフもいたのだから、その噂は徳川たちの対応も含めて、瞬く間に広がっている状態だ。

それに気づいていないのは当事者たちだけで——。

桜が姿勢を正すと、自然にスタッフたちも緊張し始める。

仕事の傍ら全力で耳を傾けている。

「確認をしてまいりました。確かにプライベートタイムの過ごし方は個人に任せていると、お答えしたとのことでした。なので、結論から申し上げますと、私のオフタイムは私個人のものです。ハビブ様たちからのお誘いをお受けするのも、お断りするのも自身の判断に委ねられるとのことですので——」

桜はすでに落ち着いていた。こうして私服で席を一緒にはしたものの、対応は完全に接客モードだ。織田たちにある程度憤慨をぶつけてきたのもよかったが、冷静に戻れた一番の要因はやはり自身の食い逃げ未遂だ。これ以上のリセット効果はなかった。

「それって結局、お断りってこと？」

「えーっ！　僕、桜ちゃんと遊べるのを楽しみにしてたのに⁉」

同時に声を上げたのはハビブとマリウス。やはりこの二人は波長が合うらしい。

いい大人のはずのハビブが、桜には大きな子供に見えてきた。

「……マリウス。彼は仕事でこの船に乗っているんだよ。我々とは違うんだから、まずはそこを理解しないと」

八神が重い口調でマリウスを諭す。

「だって、パパぁ」

マリウスが、小さな両手でテーブルの縁を摑んで唇を尖らせる。ぷくっと両の頰を膨らませるも、眉毛は完全にハの字だ。大人の事情はさておき、マリウス自身は桜との遊戯を心待ちにしていたのだろう。これを見た瞬間、桜の中に新たな覚悟が生まれる。

「——いいえ。これだけいるクルーの中でせっかくご指名をいただきましたので、丸ごとお断りはいたしません。特にマリウス様とのご遊戯ならば、私もできる限りのことは」

「本当！　桜ちゃん」

「ええ。この船は大人が対象の施設ばかりです。飽きてしまわれても不思議はないですからね」

「やったー！」

そう。桜は、ハビブが「飽きた、退屈だ」と言うのはさておき、マリウスが「飽きた、つまらない」と感じていたとしたら、それは仕方がないと思えたのだ。

一緒に遊んでくれる大人やペットには事欠かないだろうが、それでもすでに二週間だ。船内にはツアーテーマのため、いつも以上に中高年が多いだけではなく、普段なら多少はいる二世代、三世代家族も今回に限っては乗船していない。これに関しては、おそらくハビブたちが家族連れがキープしやすい大部屋のＶＩＰルームをすべて押さえた影響もあるだろう。

結果、小さな子供はマリウスだけで、小中学生さえ見当たらない状況だ。普段なら幼稚園などで他の子供との交流があるだろうし、限られた空間の中で大人だけに囲まれるというのは、これにこれでストレスなんじゃないかと想像したからだ。

もちろん、一番の理由はマリウスが懐いてくれて、純粋に可愛いと思うからだったが。

しかし、ハビブはそうは取らなかった。

「ちょっと待った。ってことは、魁からの誘いならOKってこと？　マリウスの保護者の魁からなら」

「いいえ。八神様は八神様です。というか、八神様ご自身が、私に個人的なご興味はないと思いますが」

桜は、そういうことではないと否定しつつも、「そうですよね」と八神の顔を見た。

昨日から今朝までの態度を見る限り、彼がおかしなラブゲームに巻き込まれたくないのは容易に想像ができたからだ。

「――は……、いや、えっと……。桜さんは素晴らしい人柄ですし、とても感謝していますよ。マリウスも気にかけていただいて――」

ただ、彼のほうは桜に向かって「はい」と返すのは失礼だと考えたのだろう。

立場を変えれば、桜でも困る質問だった。聞き方を誤ったと即座に反省が起こる。

「ありがとうございます。光栄です。そのお言葉だけで十分ですので、私にはお気遣いなく」

（本当に実直というか、他人に対して真摯だな。そもそも一児のパパなんだから、男とのデートに興味があるはずないだろうって言いきったとしても、誰も怒らないのに――）

ハビブたちがマイペースかつ積極的すぎるためか、桜の中では、八神の常に一歩二歩引いた態度に好感が増す。

「――なら、魁は除外するとして、我々が全滅ってことかな？」

話を戻すように、クレイグが聞いてきた。

「そこは――。条件を呑んでいただければ、できうる限り」

「条件？」

フォールが首を傾げる。

「はい。オフをご一緒する際の遊興費用をすべて折半にしていただければ」

「折半？　それって割り勘ってこと？」

これには驚いたというより、不思議に思えたのだろう。ハビブが組んでいた両腕を解いて、頬杖を突いた。

「そうです。自分の分は、自分払いというシステムです」

「そんな！　君のオフに我々が付き合ってもらうんだから、遊戯代はすべて私たちが持つよ」

しかし、クレイグは明らかに困惑気味だ。

「それでは接客しているのと同じです。オフだというのに、私の気が抜けません。プライベートでご一緒するのであれば、あくまでも遊戯代は個人持ち。ここで対等に扱っていただけないのでしたら、私はみな様の前では最後まで一クルーとしてのみ対応させていただきます」

「――ようは、いろんな意味で対等なら、僕らと付き合ってくれるってこと？　しかし、そうなると僕らが桜のポケットマネーに合わせて遊戯を選ぶか、君自身に選んでもらうかってことになるのかな？」

フォールもこれには動揺が隠せない。彼らには桜の財布事情以前に、一般平均的な遊戯費用の額が、すぐには思いつかなかったからだ。

なにせ、値札は見ないで買いものをする。支払いはすべてカード払いで明細書の類いは見たことがないと、真顔で言いそうな男たちだ。ましてやデートに誘った相手に財布を開かせるなんて行為はしたことがないし、実際に自分から開いた相手もいなかっただろう。

言葉は知っていても、割り勘？　何それ？　の世界だ。

しかし、ここでもハビブは満面の笑みだ。

「それならそれでいいじゃないか。条件はどうであれ、桜が一度は俺たちと付き合ってくれる。しかも、身銭を切って、貴重な休み時間を過ごしてくれるんだ。ある意味はっきりとした価値観でふるいにかけられる。これで二度目があるなら、友人から恋人への昇格もあり得るって話だろう？」

想定外のポジティブさというよりは、桜からすると超越したご都合主義の持ち主だった。

はなから二度目など論外だという考えは、爪の先ほどもないらしい。もしくは、桜に想像ができなかっただけで、大富豪だからこそ割り勘デートに変な夢でもあったのだろうか？

それこそ王子が町へ出て、何もかもが初めての体験で、挙げ句に平民と恋をする――的な？

強ち外れていなさそうで、桜の眉間に皺が寄る。

「なるほど。それは確かに明確だな。そうして一番多くデートを重ねたのが、マリウスということにもなりかねないが」

話が進むうちに、最も早く桜の思惑に近づいたのはクレイグ。やはりここは年の功だ。

「侮るな、クレイグ。幼児の本気遊びに応えきれるのはイルカぐらいなものだ。むしろ、子守の反動から我々大人と遊びたくなるかもしれないじゃないか」

「そう言われると、そうか」

だが、桜の気持ちはわからなくても、マリウスの気持ちやパワーはわかるらしい。

さすがは五歳児と同調している三十二歳だ。確かにこのハビブに真摯に向き合えるのは、賢くて気の長いイルカぐらいかもしれない。

しかし、生憎この船にはイベントショーや水族館がないのでイルカはいない。

桜はふと、企画書でも作って豊臣に提出してみるか？　と考える。

「え？　そうしたら、誰より魁が一番遊びたい気持ちになってるんじゃないの？」

「私にオフがあるなら、何もしないで寝ていたいよ」

すると、フォールの問いかけに、八神がぽつりと言った。

「とうとう本心が出たな」

クレイグがくくっと笑う。

（本心？）

桜の視線が今一度八神に向けられた。

ふと、目が合ったときに、マリウスが八神の腕を摑んでにっこりと笑った。

「だったらパパは、桜ちゃんとデートしながら寝たらいいじゃない」

（――へ！）

「なっ！　何を馬鹿なことを」

声にはならなかったが、桜の言いたいことは八神と一緒だった。

「どうして？　何もしないで、お昼寝したいんでしょう？」

「――あ、そう。そうだった」

そしておそらくは、そのまま口ごもった八神と同じ理由、想像への罪悪感から、桜も視線を逸らしてうつむいた。

「おっ昼寝デ～トぉ」

マリウスの素直な物言いやキラキラとした笑顔が、一瞬とはいえ不純な思考に走った自分に突き刺さる。

「あれが〝墓穴を掘る〟ということか？」

「だから幼児を侮るなと言っただろう。やましい気持ちがないというのは、どんなに大金を積んでも買えない最強の武器なんだよ」

ハビブにこそっと耳打ちしたフォールの声を、そして返事を拾ってしまって、桜はただ恥ずかしくなった。ここへきて大富豪が放った「お金では買えない」の一言が鉛のように重い。

（で、でも――。実際、冗談抜きの本心だったんだろうな、八神様。巻き込まれただけの俺がキリキリするぐらいだから、このメンバーの中で育児までとなったら、そりゃ疲れるよ。どう見ても子供が四人いる状態だ。しかも、そのうち三人がまったく手に負えないタイプだし）

それでも桜は、いいタイミングで八神の本心に触れることができて、よかったとは思った。

（あ、そうか。デートってワードは引っかかるけど、子守の手伝いだと思えば、そうキリキリすることもないのか？　どんなルールを決めて、ターゲットを俺にしたのかはわからないけど。最終的に〝マリウスくんが一番〟で逃げられるゲームなのは間違いないし）

同時に、昨日今日はいつになく感情の起伏が激しくなっていたことに気づいて反省もした。

これまで都会の職場とクルージングを比較し、上司や同僚をも比較してイライラすることなどなかったのに、無意識のうちにしていたのだ。

おそらく香山からの電話が、そして声が、桜に蓄積されてきたさまざまな不満を一気に解き放つきっかけになったのだろうが、それは決して誉められることではない。

このような感情は、無関係な者への八つ当たりに繋がってしまう悪しき要因だ。人と接するサービスマンとしても、一個人としても、桜からすればないに限るものだったからだ。

（――目には見えない疲れが溜まってたんだろう。でも、それは俺だけじゃないし）

桜は、改めて恥ずかしそうに利き手で顔を覆った八神を見て、この二日間は子守の手伝いだと腹を決めた。

そして今一度目が合うと、

「っ！」

心から浮かんだ笑みを見せて、八神の双眸を見開かせた。

4

カフェテラスで話し合った結果。桜はこの二日間のオフを、八神やマリウスたちと過ごすことになった。条件は何をするにしても割り勘だ。

しかし、代わりにハビブたちからも「呼び方を変える」という、お願いをされた。

割り勘で対等を主張するなら、「様」付きはおかしい。オンオフを切り替える意味でも、できれば自分たちと同じように呼び合ってほしい――と。

(ど、どこまで名前を呼ばずに会話ってできるものなんだ？　さすがに無茶だって。習慣として刷り込まれてるのに)

正直、これは参ったと桜は悩んだ。「様」を「さん」に変えるぐらいなら、まだどうにかと思うが、いきなり呼び捨ては難しい。

(マリウスさ……、マリウス。ハビブ。フォール。クレイグ。ここまでならまだ横文字のノリというか、ニュアンスでいけそうな気がする。でも、いきなり〝魁〟は無理じゃないか？　友人知人を名前で呼んだことさえ、しばらく覚えがないんだから……)

こうなると最大の難関は八神だ。同じ日本人姓名というところで、ハビブたちとは気安さが違う。不思議なものだが、敬称の重さのようなものが自身にこびりついているのだろう。

「桜さん。彼らの言うことは、真剣に受け取らなくてもいいですよ。すでに朝から貴重なオフを潰してもらってるんです。これ以上は申し訳ないだけですから」

「あ、はい。ありがとうございます。八神……さん」

ただ、ここは意外にも八神本人に助けてもらった。よく考えれば、八神のほうがはじめから桜を「さん」付けで呼んでいるのだ。桜が悩み、頑張ってまで呼び捨てにする必要がない。

「桜ちゃん！　パパとお昼寝する？」

しかし、そうなるとこの可愛らしい爆弾発言のほうが問題だ。

「マリウス！　その話はもう駄目だって言っただろう」

「どうして⁉　桜ちゃんだってお昼寝好きだよね？　お部屋のベッドは大きいから、一緒に寝られるよぉ」

マリウスが桜に絡んでキャッキャするたびに、八神の頬が染まる。

これには強く怒れないせいもあるのだろうが、桜としては困っている八神を目にするほうが焦る。何やらドキリとしてしまう。

またお昼寝で変な想像しているんだ――と、脳内が勝手にやましい意味に変換してしまい、桜自身の頬まで染まってくるからだ。

「すみません。本当に」

とうとう八神がマリウスを小脇に抱えて、口を塞いだ。

「いえ……。お気になさらずに」

「んーっ！　むーんっ！」

マリウスは両手両足をバタバタさせて不満を訴える。

そんなやりとりをしていると、何か話し合っていたらしいハビブたち三人が振り返った。

一歩前へ出てきたのはクレイグだ。

「桜。そうしたら、まずは私と観劇を。もともと観る予定だっただろう」

「――あ。はい」

船内には客席数が五百ほどの劇場があり、その時々によって演目が変わる。

クラシックコンサート、オペラ、ミュージカル、バレエとさまざまだ。

そして、今週はシェイクスピアのロミオとジュリエット。

すでに知り尽くした内容ではあるが、芝居としては観たことがない。桜はそれで予定に入れてみたのだが、ニコリと微笑(ほほえ)み手を差し伸べるクレイグを前にすると、この選択は正しいのだろうか？　と不安になってくる。

悲恋物ではあるが、永遠のラブロマンスだ。何かまずい気がしてならない。

「痛っ！」

「やーっ！　桜ちゃんとアニメ観るぅ！　桜ちゃん、僕と遊んでくれるって言ったもんっ！　お昼ご飯食べながらアニメ観て、一緒にお昼寝するのぉっ！」

だが、ここで桜の天使が舞い降りた。マリウスが八神の手にガブッと噛(か)みつき、自由になった口で思いきり叫んでくれたのだ。

これには八神のほうが驚いている。

「えっと。――だそうです。そしたら、みなさん一緒にホームシアターで寛ぎながら、お昼はルームサービスでどうでしょうか」

桜はマリウスの提案に全力で乗った。

「え？　それはないよ、ハニー。この時間は私のアタックタイムなのに」

「でも、こうして小さな子を同伴している限り、やはり大人はチャイルドファーストでないと。そう思いませんか？　フォール」

こうなったら味方を増やすまでだ。まずはフォールから「様」を取ってみる。

「――！　そうだね。僕は大賛成だよ。やはり紳士はチャイルドファーストでないと」

満面の笑みだった。してやったりと、今度はハビブに視線を向けた。

「ハビブは？」

「別に。それいいんじゃないのか。アニメなんてじっくり観たこともな……あ」

ハビブのほうは、どうして俺が最初の「様抜き」じゃないんだと不満そうだったが、それでも自分の言葉にハッとしていた。この分ではハビブだけがアニメを観ていないわけではなく、乗船してからマリウスも一度も観ていないのだろう。

もしかしたら、部屋で好きなだけ観られることに気づいていなかったのかもしれないが。

「八神さんもそれでいいですか？　お休みになられていても大丈夫ですし」

「――あ、すみません。私は大丈夫ですので。でも、助かります」

桜は、今後好きなときに観られるようにしておくためにも、お付き合いのスタートはマリウスとアニメ鑑賞で決まりだと思った。

明日いっぱいまでこれでもかまわないし、むしろそうしてほしいと願う。

予定が八割方確定したところで、今一度クレイグに確認を取る。

「どうでしょうか？」

「――了解。ハニーと天使にタッグで来られたら敵わない。ただし、私の名前もちゃんと呼んでほしいな」

嫌とは言わない確信があっても、ホッとした。桜は感謝を込めて彼の名を口にする。

「クレイグ」

しかし、二人でするはずの観劇が全員でアニメに変更された代償は、それとなく取られた。

桜はクレイグからスキンシップ程度だが、ハグをされた。

「できることなら一晩中でも聞いていたい響きだ」

「っ!!」

軽く背中を摩（さす）られ、さらっと耳元で囁（ささや）かれる。

すぐに解放されたが、それこそ鼓膜に絡みつくような響きに腰が砕けそうになる。

クレイグの年季の入ったアプローチはあやしく危険だ。

（ま、真綿が……）

桜はじわりとくるそれを振りきるように、「マリウス」と両手を伸ばした。

「さっくらちゃ～ん」

きゃはっ！　と抱きついてくる彼が、本当に救いだった。

ファーストプリンセス号は全室スイートルームということもあり、リビングには家具調テレビパソコンが備えつけられていた。画面は四十インチが平均だ。

しかし、ハビブたちが貸しきったＶＩＰルームには、ホームシアター兼用の百インチテレビが備えつけられていて、パソコンはノートタイプが書斎に置かれている。

ただ、こちらの特大テレビにもインターネット配線がされており、映画やアニメなど随時二千本が見放題になっている。劇場の並びには日替わりのシアターもあるが、周囲を気にせず飲食をしながらなら、部屋で観るのが一番だ。

桜はテレビのリモコンを持って、選択画面を映し出す。

「さ、準備できたよ。画面から好きなのを選択して観られるからね」

「わーいっ！　桜ちゃん、ありがとう！　いーちゃん、まーちゃん、めーちゃん、くーちゃんも一緒に観ようね。パパも来て！」

マリウスは大喜びでテレビの前に座って、アニメを選んでいる。

呼ばれた八神は「どれ？」と覗き込むように隣に座るが、マリウスの周りにはイングリッシュマスティフ二匹とメインクーン二匹も寄り添った。

前後左右に集まったところで、すでにマリウスが埋もれている。八神の後ろ姿さえ、きちんとお座りをしたイングリッシュマスティフの後ろ姿には、負けて見える。

しかも、身体のわりには四匹とも甘ったれな性格だ。

「バウン」

（いーちゃん、まーちゃん？　イングリッシュいーちゃんに、マスティフまーちゃんかな？）

「ナォ〜ン」

（あ、メインめーちゃん、クーンくーちゃんってことね。雑だな〜。この分だと乗れなかったライオンはらーちゃんで、象はぞーちゃんなのか？　ぞーちゃん、そのままだな）

四匹がそれぞれマリウスや八神にくっつき、一緒にアニメ鑑賞会のスタンバイ。当然近くにはペット担当者の四人もいたが、彼らはすぐにハビブの命で、ＳＰ共々別室に移動した。

広くて明るいリビングルームには、部屋の主たちとペット、そして桜だけが残る。

桜は八神たちの後ろに、そしてソファに腰かけていたハビブたちの前に座ることにした。

「——桜。こちらに来てお茶でもどう？　せっかくだし、旅の話でも聞かせてよ」

「いえ、でしたらここで」

テレビの前には毛足の長いラグが敷かれており、ソファまでは五メートルほど空いていた。

「もしかして、ちゃんと観てるの？　おもしろいの？」

声をかけたフォールが、ソファからラグに正座した桜のほうまで寄ってきた。

「最近は観ていないので懐かしくはありますけど。今日の場合は、こうして傍にいるだけでも遊んでることになるかなって」

「もしかして桜には、子供がいるの？　国に残して働いているの？　出稼ぎ⁉」

驚くフォールに、ハビブやクレイグも身を乗り出した。

ソファから立ち上がると、桜の傍まで寄ってくる。

「いいえ、独身です。知り合いに同じ年頃の子供がいるんです。で、その子がいつも一緒にいてほしいって、お兄ちゃんや傍にいる大人に甘えるんです。だから、一緒に観て盛り上がりたいっていうのはもう少し大きくなってからで、今の時期ならこうして傍にいることだけでも満足なんだろうなって」

アニメ鑑賞の邪魔にならないよう、声を落として話す。

フォールは片膝をつく形で腰を落とし、ハビブはその場にあぐらをかいた。

クレイグは桜を見てか、一緒に正座をする。

マリウスは始まったアニメを観ながら、チラチラと後ろを見ていた。桜と目が合うと、にこりと笑い、またしばらくはアニメに集中する。

そんなマリウスを見ながら、桜が続きを話す。

「――ただ、そう考えると、自分にも記憶があるんです。日本の家庭だと、大概夕方は子供が好きなテレビを観ていて、その間に親が家事をする。でも、子供からしたらそうじゃなくて、みたいなところがあって。理屈抜きにかまってほしいとか、近くにいてほしいとか。隣にいたらもっと嬉しくて安心みたいな。まあ、マリウスの場合は、こうして常に八神さんが傍にいるので、目新しい大人に甘えたいって感じなのかな？　って、気がしますけど」

内容はただの世間話だった。

だが、桜は自分で口にしてみて、改めて気づくことがある。

乗船してからというもの、八神が一人で寛いでいるところは一度も見たことがない。

おそらく子供と離れたのは、マリウスが勝手に自室を抜け出したときだけで、それ以外は片時も離れずに傍にいるのではないかと思えた。

身近に大人の手はあるにしても、誰かに預ける、任せることもなく。

（オフがあるなら寝たいか。そりゃ、父親業にオフはないよな。シングルならなおのこと）

ただ、それでも限界はくるようで――。

「まあ。本気で寝に入ったみたいだけどね」

「あ……。ですね」

傍で付き合いはしたものの、興味のない子供用のアニメが逆に緊張を解いたのだろうか？

八神はテレビの前で上体を崩していた。右側に寄り添っていたイングリッシュマスティフの一匹をクッション代わりに眠ってしまっている。この後ろ姿には、鉄のイメージも粉砕だ。

「実際疲れてるんだろうから、見ないふりがいい」

ハビブの言葉にフォールとクレイグが頷き合う。

「――そうだ。桜、ちょっとマリウスを頼んでいいか」

「はい」

「クレイグ。フォール。俺と来てくれ」

何か思いついたように、ハビブが立ち上がる。

「何？」

「君の優秀な部下が、またおもしろいことでも言ってきたの？」

「まあな」

フォールとクレイグを連れて、扉から廊下に出ていった。続きの部屋ではなく、隣室に用ができたらしい。

桜はそれを視線で確認しながら、マリウスたちを見守る。

マリウスは物語に入り込んでいるのか、アニメに夢中だ。

（――八神さん。本気で寝に入ってる。タオルケットか薄がけぐらいはあったほうがいいよな）

桜はマリウスに「続きの部屋へ行ってくるね」と、また屈強なボディガードにもなっている四匹には「お願いね」と声をかけてから、寝室のほうへ移動した。

（ダイニングの先に寝室四つ。本当に二、三世帯用だよな。他に部屋なんか取らなくても、ここで十分だろうに――。あ、SPたちを含めたら、もう二部屋いるか。だとしても、フロアまで貸しきらなくても、本来なら十分だろうに）

総勢二十五人が出入りしているが、実際は使われていない部屋もかなり多い。

桜はリビングからダイニングを抜けると、長い廊下の途中に作りつけられた備品専用のストッカーの扉を開いた。

（いや、この考えが庶民か。SPを雇うほどの要人たちだからこそ、必要最低限の人間の出入り、それも身元が明確なクルーしか立ち入らせないってことだもんな——。それにしても、寝室までの移動距離が長い。俺ならここではまず口説かない。相手をベッドまで誘導できる自信がないし、ましてや酔っ払いの連れ込みなんて、ダイニングから出るあたりで挫折しそう……、あ)

パルプの手触りのよいタオルケットを一枚手にして、扉を閉める。

振り返ると、扉が開放されていたサブ寝室が目に入った。

綺麗に整えられたキングサイズのベッドに、ドキリとしてしまう。

(お部屋のベッドは大きいよ……か。いや、そんなの改めて言われなくてもわかってるけどさ)

意識して目を逸らした。

すると、同じ室内に置かれたライティングデスク上、大きな写真立てに目が奪われた。

マリウスによく似た若い女性と祖父らしき男性が、おそらくは生まれたばかりのマリウスだろう赤子を抱いて写っていた。

あえてだろうが、セピア加工された写真がインテリアとしてもいい味を出している。

(この女性がマリウスのママ? 八神さんの奥さんか——)

その場からはすぐに離れるが、桜の目には笑顔が一際綺麗な女性の姿が焼きついた。

まるで洋画のワンシーンに出てくるような写真であり、家族の姿だ。

(以前、ハビブが八神さんはシングルだと言っていたから、離婚か死別か。いずれにしても綺麗な人だな……。これじゃあ、退屈しのぎでも船内ラブゲームになんて付き合えるはずがない。好みもレベルも高すぎる。さすがは、〝誘惑されたい男ナンバーワン〟だ)

再びダイニングを抜けてリビングへ戻る。

「……あ」

すると、たった数分の間に何が起こったのかと思うが、マリウスまでもう一匹の犬に寄りかかって眠っていた。親子の前と後ろにはメインクーンが寄り添い、完全に四方を四匹に囲まれている状況だ。

どうもペットたちまでうつらうつらしているようだ。

八神の熟睡ぶりに誘われてしまったのだろうか？

（アニメで変な呪文が流れたとかじゃないよな）

桜は、傍へ寄るなら猫からだなと近づいた。

タオルケットを持ってきた桜に気づいたイングリッシュマスティフの一匹が、そろりと八神の下から抜け出して立ち上がる。当然八神の上体がズレて、ラグに身を崩す。

「ん……」

しかし、これで起きないのだから熟睡だ。

桜は、せっかくなので空けてもらったスペースから傍へ寄った。その場に両膝をついて、一枚のタオルケットを二人にかけていく。

（え……）

すると、八神の手が突然何かを探るようにして、桜の腰に回ってきた。

代わりの枕を探していたらしい。目的物を捕らえると、頭を両腿の上に乗せてくる。

彼の首の位置が桜の両膝の間にフィットすると、ピタリと動くのをやめた。

(うわ、膝枕。というか、ある意味想定外の寝相だ。八神さんは気をつけの姿勢で寝て起きる人だと思っていたけど、けっこう動くタイプなのかな?)

思いがけず笑みが浮かんだ。

しかし、このままでいるのは躊躇われる。桜はゆっくり退こうと試みた。

「……イング……。ちょっとだけだから……」

(いんぐ?)

「バウン」

(あ、いーちゃんのことか。って、嘘。俺、この巨大な犬だと思われて枕にされてるの? けっこう失礼っていうより、八神さんって実は鈍感? ——っ!!)

追い打ちをかけられるように、背後に伏せていたイングリッシュマスティフにまで寄りかかられた。これにより、桜の腰を抱えるようにしていた八神の手が犬に移ったのは幸いだが、完全に動くに動けない状態だ。もはや開き直るしかない。

(はぁ。洒落にならないお昼寝デート状態だな。まあ……。本人は犬を枕に寝ているつもりだから、結果は普通にお昼寝だけど)

桜は、ただの似た者親子で片づけてしまうには美しすぎる二人を見ながら、幾度か深呼吸を繰り返した。一瞬早鐘のように高鳴った鼓動が、徐々に落ち着きはじめる。テレビ画面ではあんパンが空を飛んでいるというのに、そうとうドキドキしていたのだなと思い知る。

しかし、そこに気づいたら気づいたで、新たにドキドキし始めた。

いつか、どこかで感じたことのある緊張感に似ていて、桜は「まいったな」と呟きそうになる。

ふいに香山の寝顔が八神のそれとかぶり、中津川の笑顔が写真で見たばかりのマリウスの母のそれとかぶって、肩に力が入った。

それでも身体をずらし、無理に起こすのは気が引けて、ゆっくりと深呼吸をする。

(――世の奥さんたちなら、こういうのに憧れたりするのかな？　イケメンハーフの旦那様に天使な子供。気がついたら、恋人いない歴が年齢と一緒って俺には、イメージはできても想像に感情が伴わないけど)

桜は八神が自然に起きるか、ハビブたちが戻ってくるのをこの姿勢で待つことにした。

なんならマリウスが起きてくれてもいいなと思う。

(そういえば、フォールは離婚したばかりだと聞いているけど、やっぱり何かで心を埋めたい時期なのかな？　クレイグはフリーみたいだけど、それは今ってことであって、これまで片手じゃ足りない恋愛をしてきたんだろうし……。ハビブなんか自称フリーだけど、絶対に国に帰ったらハーレムとか持っていそうだよな。一夫多妻だから、俺は永遠のフリーなんだって思っている感じがする。アラブ系お金持ちへの偏見かもしれないけど、外れている気がしない。いずれにしたって、俺とは比べものにならないリア充さだ。キラキラしているというか、なんというか。もちろん、それはそれで苦労はあるんだろうけど。でも、優雅で余裕があって幸せそうだしな……)

こんな状況のためか、桜にしては珍しいことを考えた。

桜は、自分なりに努力は怠らなかった。何事に対しても常に前向きな姿勢で行動してきたと思うが、そのわりにこれという充実を感じた気がしない自分にハッとした。

これまでそんなふうに考えたこともなければ、不満に感じたこともなかったのに——。

「ん……」

ふと、八神の睫が震えた。かかっている前髪が眠りの妨げになっているのだろうか？

桜が指の先でそっとそれを外す。八神が再び深い眠りに落ちていく——。

（でも、そう考えると、どうしてハビブたちはラブゲームなんか。しかも、ターゲットが俺？

確かにクルーの中では会話も接触も一番多かった。暗黙の了解で接客担当にもなっていたから、声がかけやすかったのかな？　マリウスの〝遊んでほしい〟だけなら理解もできるけど）

ただ、綺麗な男の寝顔に安堵したはずの桜に、ふと昨日のプールサイドでの光景が思い浮かぶ。

屈託のない笑顔に、標的になった者には酷なだけの台詞だ。

（——あ、もともと暇つぶしだったっけ）

これ以上ない明確な答えだったはずなのに、思いもよらず胸が締めつけられた。

（痛っ……）

急に目頭が熱くなり、自制が利かないまま涙が浮かんで零れる。

不安や不満だけではない。桜の中に蓄積されてきたであろう悪感情のすべてが、堰を切って溢れ出した。これまでの努力を否定され、自身さえも軽んじられた気がしたのだ。

（……っ！）

応募用紙

CROSS NOVELS 創刊15周年フェア

〒□□□□□□□

住所　都道府県

名前　年齢　歳　性別　女・男

Tel　Mail 携帯 PC

職業　・学生　・会社員　・主婦　・フリーター　・その他（　　　）

※ご記入いただきました個人情報はプレゼントの発送以外の目的には使用いたしません。

応募券貼付	応募券貼付	応募券貼付

1 必要事項、アンケートを記入し、この応募用紙に応募券を貼り付けご応募ください。
(※応募用紙、応募券はコピー不可です。)

2 郵便局備え付けの「払込取扱票」に応募者様の住所・氏名・電話番号を記入、通信欄に［**クロほん**］と記入し４００円をお支払いください。
(※払込の際の手数料は応募者様のご負担になります。予めご了承ください。)

口座番号 00130-9-75686　**加入者名** 株式会社　笠倉出版社

3 払込受領証(原本)を応募用紙の指定の場所に貼り付けし、送料分の切手を貼った封筒に入れ、下記宛先までご郵送ください。(※受領証はコピーを取り、小冊子が届くまで保管してください。)

宛　先 〒110-8625　東京都台東区東上野２丁目８番７号　笠倉ビル４F
株式会社 笠倉出版社　クロスノベルス
「クロほん」係

締め切り 2018年1月末日消印有効（小冊子に関するお問い合わせは２月１日以降でお願いします。）

発　送 2018年3月上旬頃より順次発送予定

注意 ・封筒１通につき１口の応募のみ有効です。
・入金金額の不足、及び記入漏れなどの不備があった場合は無効になる恐れがございますのでご注意ください。
・応募いただいた個人情報は当企画以外で使用いたしません。

ここに受領証をお貼りください

CROSS NOVELS クロスノベルス アンケート用紙

この本についておうかがいいたします

この本を購入した理由にチェックをつけてください(複数回答可)

購入書店[　　　　　　　　　　　　　　　　　　　　　　　　　　　　　　　]
タイトル[　　　　　　　　　　　　　　　　　　　] (※通販での購入の場合はネット書店名をご記入ください)

□著者が好き　□イラストレーターが好き　□あらすじを読んで　□クロスノベルスだから
□カップリングが好み　□シチュエーションが好み(　　　　　もの)　□装丁に惹かれて
□15周年フェアの対象だったから　□その他(　　　　　　　　　　　　　　　　　　　　　)

フェアにお申込みいただいた理由を教えてください

□好きな作品があったから(作品名：　　　　　　　　　　　　　　　　　　　　　　　)
□好きな作家がいたから(作家名：　　　　　　　　　　　　　　　　　　　　　　　　)
□好きなイラストレーターがいたから(イラストレーター名：　　　　　　　　　　　　　)
□その他(　　　　　　　　　　　　　　　　　　　　　　　　　　　　　　　　　　　　)

新刊情報をお知りになるのはどの媒体が多いですか？

□書店　□公式HP　□Twitter　□ブログ　□ネット書店　□その他(　　　　　　　　　)

BL小説・漫画を月に平均何冊くらい読まれますか？

小説(　　　　　)冊　／　漫画(　　　　　)冊

今後、登場してほしい作家さん、又はイラストレーターさんはいますか？

(　　)

好きなジャンルがあれば教えてください(複数回答可)

□ケモミミ　□子持ち　□花嫁　□ラブコメ　□シリアス　□ビッチ　□年の差
□年下攻め　□オメガバース　□その他(　　　　　　　　　　　　　　　　　　　　　)

今後クロスノベルスに希望、要望などあれば教えてください

(　　)

この本のご感想、メッセージをご自由にお書きください

ご協力ありがとうございました

それでもこの唐突さには、桜自身も驚いていた。しかも、溢れ落ちた涙が、そのまま八神の瞼へ。たった今、彼の髪を退けたばかりのところにピンポイントに落ちてしまった。

長い睫に縁取られた双眸が震えて、そして開いた。

「――」

ブルーグレーの瞳が桜を映す。

(しまった)

何をどう言って誤魔化(ごまか)そうかと考えるも、まったく言葉が出てこない。

だが、この状況に戸惑うことしかできない桜を見て、八神が静かに上体を起こした。深い溜息と共に両腕を桜の背に回す。

(え?)

包み込むように抱きしめられて、耳元で何かを語られた。

(何?)

しかし、桜には何語なのかさえわからなかった。

「Ｓａｋｕｒａ……」

戸惑ううちに顔を覗き込まれて、彼の唇が自分のそれに触れてくる。

(――)

驚きで全身に力が入るが、八神の身体はびくともしない。

それどころか、抱擁(ほうよう)が強まると同時に合わせられた唇も深くなる。

「ん……っ」

彼の濡れた舌先が、無防備な唇を割ってくる。

そして、桜の舌にそれが触れた瞬間、ピリッと電流のようなものが走った気がした。

同時に胸元を探られて、全身がびくついた。

彼の唇が、手が、桜の欲情を誘発する。まるであやしげな靄に包まれたような気分だ。

――一秒が長い。

（なっ、ぁっ……っん⁉）

ただ、桜の目に八神の背後でマリウスが寝返りを打ったのが映ったのは、このときだった。

（ちょっ……っ、まずい）

一瞬にして、桜を取り巻いていた靄が消えた。

「ゃっ……、八神さんっ」

我に返って、力の限り抵抗をした。桜は八神の身体を打つようにして押し退ける。

「――あ、ごめん。つい」

拘束を解いた瞬間、八神も桜同様ハッとしていた。何かとてつもない衝動にでも駆られたのか、変な夢でも見た延長だったのか。それは桜にはわからない。

「え？　つ……い？」

桜には、八神から向けられた言葉で、彼の気持ちを勘ぐることしかできない。

――俺が泣いていたから？　慰めのつもり？　と。

桜は自分でも顔つきが変わったことを自覚した。

「いや、そうじゃなくて」

「あーっ！　何をしてるんだよ、魁。ここにきて抜け駆けか。本性を出してきたのか」

八神は咄嗟に否定しようとしたが、それは部屋へ戻ったハビブによって打ち消された。

――本性？

桜の柳眉（りゅうび）がますます吊り上がる。

「違うよ、ハビブ。これは！」

「魁～。君は不参戦って自分で言ったよね？」

「フォール！」

珍しくフォールが声を荒らげていたが、桜の怒気も強まるばかりだ。

「いきなり、しかもシード参戦かい？　けど、それはフェアではないな」

「クレイグ！」

――何がフェアプレイだ、ふざけるな。遊ばれるこっちの身にもなれ！

今にも怒鳴りそうになったそのときだ。

「どうしたの？　パパ」

マリウスがもそっもそっと起き上がった。寝ぼけているのか、目がトロンとしている。

だが、八神やハビブたちの様子が普通でないことには、すぐに気づいたようで――。

「どうしたの？　ハビブ」

「……やだなぁ。みなさん何か勘違いされてませんか？　俺は、ほら。目にゴミが入ってしまって、見てもらっていたんです」

桜はマリウスの問いかけさえかき消す勢いで、ハビブたちに視線を合わせた。

不本意に流れた涙を示すように、わざわざ指で「ここを見て」と示す。

「は？」

「え？」

こんな取って付けたような言い訳は、今どきの少女漫画でも使わないだろうと、桜も思った。

しかし、誤魔化すと決めたら徹底する。桜は自分の背後からのっそりと立ち上がったイングリッシュマスティフに触れて笑ってみせた。

「この子を撫でていたんです。それで、抜けた毛が目に入って。ね、いーちゃん」

犬に同意を求めたところで、真実味が増すかどうかはわからない。

ただ、犬のほうは桜が撫でてくれたからか、とても嬉しそうに鼻っ面を頬へ寄せてきた。

ちょんと当てているつもりだろうが、桜の頬にはドンと衝撃がくる。

「え⁉　桜ちゃん、目痛いの？　パパ、もっと診てあげて。桜ちゃん、パパはお医者さんだからすぐに痛いの治してくれるからね」

誰が信じなくても、マリウスが信じてくれれば、それでいいかと居直った。

「そ、そうなんだ。でも、もう大丈夫だから」

「本当？」

「――うん。心配してくれてありがとう」

心配そうに寄ってきたマリウスを両手で迎えて、抱きしめる。

「へへへ。桜ちゃん」

抱きしめ返された小さな抱擁に、桜はまた目頭が熱くなる。

これはまずいと思い、「先にちゃんと目を洗ってくるね」と言って、一度マリウスを放した。

そのまま立ち上がると、零れそうな涙をわざと擦って、洗面所へ向かう。

(――結局あいつら全員最低だ。人の性的嗜好や趣味にとやかく言うつもりはないけど、ついってなんだよ、ついって。暇つぶしのゲームについ参加したくなったってことかよ。つい本心が出たから、ついでに本性もって……そういうことか？　寝ていたとはいえ、よくも子供の前でやりやがったなっ！　ふんっ!!)

足早に移動して向かった洗面台の鏡に映った桜の目は、驚くほど充血していた。

しかも、こうなってわかる。桜は自分が思う以上に彼らには好意があり、特に八神に対しては信頼が芽生えていた。

勝手に、理想的な父親だ。愛情深くて、責任感が強くて、それでも一人で負うには負担もあるのだろうから、自分にできるフォローがあるならしたいと思った。これはこれで愛着だ。

だからこそ、彼にまで遊ばれたと知り、怒りが込み上げた。失望したのだ。

(なんか、もう。いろいろどうでもよくなってきたな)

荒ぶる感情のまま、勢いよく顔を洗う。

一度や二度では気が治まらない。三度、四度と、洗い続ける。

（いずれにしたって、明日の夜にはアロタウだ。キャプテンたち直々に〝任せる〟のお墨つきをもらっているんだから、そのまま下船して日本に帰ってもいいってことだよな。今夜のうちにシフトの調整案だけ作っておけば、残りのクルージングぐらいどうにでもなる。それで心許なければ徳川マネージャーが現場に出ればいいだけだ。いっそシフトに突っ込んどいてやる！）

そうして、自分で自分に言い聞かせるように、濡れた顔を鏡越しに睨んだ。

これまでにはない覚悟を決めた表情は、自分でも驚くほどピリピリしている。

しかし、

「――って、ここまでされてシフトを作るのかよ、俺は」

どう考えてもおかしい憤慨の仕方に、桜は自分で突っ込みを入れてしまった。

何をどう頑張っても、最後は自身の性格が邪魔をする。

親からもらい、周りからもクールビューティーだと称される見た目に沿うなら、ときには理不尽な扱いに激怒し、感情のままに行動してもありだと思う。それなのに、どうしてかそういう思考になりきれない。細かなとこで、必要最低限の責任だけは果たそうとしてしまう。

「いや、待て。誰も何も言えない形で下船するに越したことはない。無関係なクルーに迷惑をかけるのは本意じゃない。自分で自分のイメージ操作して、凹むのはやめよう。そもそもこういう思考で相手のことも決めつけるから、外れたときにダメージを食らうんだ。そう考えたら、勝手にいいパパだとか、硬派で生真面目で紳士だと思い込んだ俺が悪い。そもそもあのメンバーにいるんだから、類は友を呼ぶは正しい。結局そういうことだ。ふんっ！」

置かれていたフェイスタオルで顔を拭くと、桜は今一度深呼吸をしてから、洗面所の扉を開いた。

「――っ！」

廊下では八神が待っている。

「桜さん。さっきのことだけど」

「気にしていませんので、忘れてください」

ようやく落ち着けた気持ちを、散らかされるのは嫌だった。八神には言い訳したい、自己弁護したい理由があるのかもしれないが、桜にそれを聞く義務はない。

「だから、そうじゃなくて」

それでも八神は桜の前に立ち、行く手を塞いだ。

「忘れてください。私が思い出したくないんです」

強引にすり抜けようとするが腕を摑まれる。

今度こそ躊躇いなく振り払うが、やはり彼のほうが力は強い。

ここで絶対に引き留めたい気持ちも強いのだろうが、桜の身体が反動で廊下の壁にぶつかった。

壁についた彼の両手の中に閉じ込められる。

「私は君のことが好きなんだよ、心から好きなんだ。この気持ちに嘘はない」

「――!?」

八神から発せられたのは、桜が想像もしていなかった言い訳だった。

まっすぐに見下ろしてくるブルーグレイの瞳がいつにも増して真剣だ。

「だから、先日の夜も君の口から恋人はいないと聞いて、本当はとても嬉しかった。横浜に着いてからなら、打ち明けるぐらいは許されるだろうか？　とも考えていた。ただ、さっきは君が泣いているのに驚いて、感情が高ぶった。気持ちが抑えきれなくなって。母国語で告白をしてしまった」

ただ、彼の瞳に映る自分の目は、酷く冷めていた。

これも嘘かもしれないと猜疑心でいっぱいだ。

それだけに、一瞬にして壊れてしまった彼への信頼や愛着の大きさが、改めてわかる。

「君がノーと言わなかったから……、勝手にイエスと解釈してしまった。キスもしてしまった。そして、自分の早とちりだったと気づいて、今は申し訳ない気持ちでいっぱいだ。でも、この気持ちに嘘はないんだ。好きだ、桜。私は君を愛してる」

何事もなく同じことを言われたら、彼の言うように横浜に着いてから告白をされたら、桜はその場でイエスとは言えなくても、ノーとも言えないだろうと思った。少なくとも真摯に受け止め、今回のクルーズを振り返ると共に、彼に対する自分の気持ちを確認したはずだ。

しかし、今の桜には、それができない。八神を信じることができない。

信じきれない人間から発せられた言葉や思いは、驚くほど何も響かない。

それこそ、不意を衝かれたキスよりも無感動だったのだ。

「それは、俺の勉強不足のために大変失礼をしました。勘違いさせてすみませんでした」

桜は、自分の気持ちを取り繕うことはしなかった。

「桜?」

「でも、今の俺には、いろいろと余裕がないんです。ですから。ここまですべて含めて忘れてください。あなたが本当に、俺を好きならば――」

クルーとしてではなく一個人として、八神には今ある気持ちを正直に伝えた。

5

――気が重い。後味が悪い。

桜は憂鬱な気持ちを笑顔で隠し、その後もマリウスとアニメを観ながらハビブたちの部屋で過ごした。

次第にあたりが暗くなり始め、リビングの照明が調整されていく。

ちょうど一本終わったところで、マリウスが「お腹空いたー」と言って立ち上がる。

すると、ハビブが「桜」と声をかけてきた。

「はい。なんでしょう」

「これを合わせてみてほしいんだ。できたらディナーにと思って」

ハビブは上品なオフホワイトのスーツを桜に差し出してきた。

桜がアニメを観ている間に、ハビブとフォール、クレイグの三人で、今夜のディナーは有料のフレンチレストランにしようと決めたらしい。

最初のハビブの誘いを実行するなら、その後はカジノということだろうか?

ただし、この分だと二人きりのデートという形ではなくなったようだ。

どこまでもフェアに、最初の一巡目は団体行動で――と、なったのかもしれない。

「ディナーのドレスコードなら、手持ちのスーツで問題はないと思いますが」

それでも桜は、一見してそうとわかる高価なブランドスーツは断った。

「君の正装は仕事着だろう。それとも黒以外もあるってこと？」

「いいえ……でも」

「着てほしいと言っているだけで、プレゼントじゃないからいいだろう。オンオフをつけて、かつ気分転換ってことで」

「はい。わかりました」

しかし、プレゼントではないと言われてしまえば、受け入れるしかない。

確かに手持ちの正装は仕事着だ。そもそもドレスコードを気にするディナーなどするつもりもなかったので、他に手頃なスーツも用意していない。

（まあ、いいか。明日の夜にはさよならだ。それに、さよならするためにも、多少は羽目を外しておいたほうが、規約違反で下船しやすいし）

桜はスーツ一式を受け取ると、寝室の一つを借りて着替えることにした。

ラフな私服姿から一変して気が引きしまる。

ジャケットに袖を通した瞬間、身体が勝手に仕事と認識してしまう。

だが、黒から白へ変わっただけだが、桜にとっては新郎にでもならない限り着用はないと信じていた色味のスーツだ。姿見に映った自分の眉間には、くっきりと皺が寄っていた。

（一歩間違えたら、クラブホストみたいに見えないか？）

華やかと言えば華やかだが、桜からすればスーツに自身の品が追いついていない。

そう考えると、彼らが自然と放つ上品さは生まれ持ったものに、培われたものが合わされて完成したものだ。

（彼らなら普通に似合いそうだ）

自然と漏れてしまう溜息が、重くなるばかりだ。

「わ！　桜ちゃん綺麗！　王子様みたい！」

こうなると、ここでも桜を救ってくれるのはマリウスだ。

一丁前に黒服へ着替えていたが、七五三みたいで可愛いらしい。

思わず千歳飴を持たせたくなった。このあたりは日本人ならではの思想だ。

「ごっはん♪　ごっはん♪　さっくらちゃんと一緒にごっはん〜♪」

桜の手を取りスキップするマリウス。

ハビブや八神たちも着替えていたが、今夜はハビブ以外は全員黒のフォーマルだ。

それでも個性や体格差がはっきりしていることもあり、三人三様で魅力的だ。よく職場でも女性たちが、黒服は着ただけで三割男が増すと話しているが、桜もこれには納得だ。

そうでなくても素晴らしいルックスを持った男たちに、これ以上なんの必要がある――とぼやきたくはなるが、目の保養になるのは否めない。

同性の目から見ても、素直に拍手を送りたくなった。

「魁。顔色が悪くない？　マリウスは僕たちで見られるんだから、少しまとめて休んだらどう？寝ていても大丈夫だよ」

「ありがとう、フォール。その気持ちだけで十分だよ」

「ウイ」

八神にいたっては、今夜のように浮かない顔でも様になっていた。


ファーストプリンセス号には、桜が主に担当しているダイニングレストランの他に、有料のスペシャリティレストランが四店舗入っていた。

和食、中華、フレンチ、イタリアンの専門店。いずれも高級かつ、ダイニングよりもワンランクからツーランク以上のメニューが揃っている。

それでも気分転換や、ここぞとばかりに贅沢な時間を満喫する乗客たちが入れ替わり立ち替わり訪れる。

今夜も席の七割方が埋まっているが、桜がここまでめかし込んだ姿で有料レストランを訪れるのは初めてのことだ。ご機嫌なマリウスに手を引かれ、エスコートに徹してくれるハビブたちのあとをついていくが、内心は不安と好奇心で半々だ。

「いらっしゃいませ」

「予約したマンスールだ」

「承っております。お席へご案内いたします」

とはいえ、改めて桜の顔を見たスタッフたちには激震が走ったようだ。

桜が目を光らせ、耳を凝らしているにもかかわらず、あちらこちらで顔を引き攣らせている。

「やばっ。桜チーフの降臨だ。しかも、お客様として」

「目映い……。白馬ならぬ、白い正装の王子様だ」

「マリウス様、いつも可愛い～。桜チーフと手繋いで、ニッコニコ。和む～」

単純にはしゃぐ者もいれば、震える者もいる。

「でも、ＶＩＰルームのお客様と一緒ってことは、キャプテンたちにスケープゴートにされたって話は本当だったのか」

「ううん。カフェスタッフの証言によると、そういう感じじゃないみたい。桜チーフがお願いされてお付き合いしてるのは確かだけど、遊興費は割り勘ですって」

「――割り勘!?　自腹!?　奢ってもらわないの？　年収桁違いなＶＩＰ相手なのに？」

「それが桜チーフのプライドってやつだろう。ってか、やっぱり惚れるわ～」

すでに日中の話は、全クルーたちの知るところだった。

「それで、誰がオーダー取りにいくのよ」

「俺たちじゃ無理に決まってるだろう。フロアチーフしかいないって」

「とっくに逃げたよ」

「え」

ただ、自身に無関係な話なら盛り上がれるだろうが、ここではそうもいかない。

桜のテーブルに水とおしぼり、メニューを持ってきたスタッフは、すでに断頭台にでも立たされたような顔つきだ。これで豪華客船の高級レストランスタッフとは話にならない。

六人がけの長テーブルには、カウンター側を前として、右側にハビブ、クレイグ、フォール。左側に桜、マリウス、八神が並んでいる。

もとがハビブの誘ったデートだったことから、桜は上座で二人向き合うことになった。

「俺はシェフにお任せで季節のフルコース。ただし、せっかくだから君らのサービス確認がしたい。全品プレゼンテーション仕様で持ってこられるようにして」

桜はこの際だからと、公私混同に走った。

「え……」

「そんな応対は、教えてないよ」

「はい。かしこまりました」

スタッフは完全にフリーズしていたが、ここには正社員の担当チーフがいるはずだ。

それこそ徳川直下の部下がいると思えば、容赦はしない。

(気持ちいい〜。自腹だと心置きなく贅沢ができるし、変に気を遣わなくていいのは最高だな。スタッフにはパワハラって言われるかもしれないけど、これで下船ポイントまで加点できるなら、もってこいだ。あ、さすがにテーブル担当者への八つ当たりではまずいか。契約のスタッフに罪はないからな――)

桜がオーダーし終えると、それを見ていたハビブたちもメニューを見た。

「なら、俺たちも同じものでいいか」

「ＯＫ。マリウスはどうする？　お子様ランチか？」

「僕も一緒がいい！」

「なら、同じで」

「――かしこまりました」

全員同じコースメニューのオーダーになるが、それを受けたスタッフがマリウスを見てから桜に何か言いたげに目を合わせてくる。

「そうしたら同じ内容で一人前をお子様仕様でとシェフに伝えて。三番ストッカーに何パターンか専用の食器セットがあるはずだから」

すかさず桜が指示を出す。

「はい。かしこまりました」

一瞬にして迷いが解消したためか、受けたスタッフに安堵の笑みが浮かぶ。

「笑顔、いいよ。キープしてね」

「ありがとうございます」

桜に誉められたことで、更に落ち着けたのだろう。オーダーをキッチンに持っていく。

（契約組とはいえ、まだまだだな――。こうなると、シェフに申し訳なかったか。あとで内線で謝罪しよう）

この時点ですでに仕事モードだ。桜は周りに気を配り、自分のテーブルを見ていない。

すると、フォールがクスクスと笑ったのが聞こえた。

「どうかしました?」

「すごいね、桜。こんなにわくわくするディナーは初めてだ」

「本当。ここからシェフと彼らがどう対応してくるのか。それを見られるってだけで、とても楽しいディナーになるね」

「俺たちが無理なオーダーをしたとしても、あそこまで顔は引き攣らないだろうからな」

見ればクレイグやハビブまで、肩を震わせていた。

ここでも八神の態度や表情は変わらない。だが、意図してそう振る舞っているのは感じられる。

屈託のない笑顔で、心からニコニコしているのは、こうなるとマリウスだけだ。

「申し訳ありません」

「謝ることはない。今の桜はプライベートタイムなんだ。あ、ドリンクは好きに頼むぞ」

「はい」

改めてハビブが軽く手を挙げた。

そして、スタッフがテーブルまで来ると、

「最初の乾杯はドン・ペリニヨンで。ディナーのワインはボトルでロマネ・コンティとモンラッシェ。年代はシェフとソムリエに任せる。あと、今夜の素敵な同席者たちにも好きなだけ振る舞ってくれ。もちろん、クレジットは俺で」

「か、かしこまりました」

ドリンクと言いながら、とんでもないオーダーをした。

これには桜も、声が裏返りそうになる。

「ちょっ、まっ。ハビブ！」

「桜にご馳走しているわけじゃないからかまわないだろう。それに、こうでもしないと俺のテンションが保てない」

ハビブはふふんと笑うだけだった。

しかし、桜の脳裏では、メニューの価格が回っている。

（どんなテンションだよ。ドンペリと紅白のボトルセットで船内価格二百万はいくんだぞ。しかも、店内の客全員にって……、ざっと見ても五、六十人はいる。グラスで振る舞ったとしても六本⁉　ドンペリ紅白セットで振る舞ったら六セット⁉　しかも好きなだけって……。ワインだけで最低でも一千四百万超えってなんなんだよ……、あ！）

「もしかして、俺が割り勘って言ったことで、こうなってます？」

彼がはじめから桁違いな富豪だということはわかっているが、それにしてもこの散財はどうなんだ⁉　と。桜がクレイグやフォールに向かって聞いてみる。

「気にしなくていいんじゃない」

「そうだよ。こうした振る舞い酒は、彼の挨拶みたいなものだから」

さも当然という答えがくるが、やはり桜の金銭感覚ではありえない。

（それって、おはようから今晩はで、都心にマンションが買えるってことか？　いや、絶対に割り勘のせいだろう！　そんなテンション、あってたまるか。しかも、スタッフ！　ドンペリを持ってくる手が、すでに震えてるじゃないか。ここのチーフはどこへ行ったんだ。この調子でロマネもくるのか⁉　粗相して零したら、一滴いくらだと思ってるんだ。値段知ってるよな、お前たち！　いや、もう――無理だ。俺が持たない！）

とうとう桜が席を立つ。

「――桜？」

「では、私もちょっとモチベーション調整として。それ、トーションと一緒によこして」

驚くハビブに対して、完全にスイッチが切り替わった。

席を離れて、震えるスタッフに向かってニコリと笑う。

「桜チーフ」

「ここのドリンクサービスだけは俺がやるから、グラスだけ全身全霊で気をつけて」

「あ、ありがとうございますっ」

受け取りながら耳打ちすると、テーブル担当のスタッフは、声まで震えていた。

桜は、ここで交代した選択は間違っていなかったことを確信する。

「失礼いたします」

そうして上座のハビブから順に、シャンパンを注いで回った。

グラスへの差し向け方から、注ぎ方。全員のグラスに、量ったように一定量を分ける技術は、さほど難しいものではない。

だが、そこへ一つ一つの所作や流れの美しさまでを含めると、やはり桜のサービスは受ける者に感動を与えた。

「やっぱり桜のサービスは洗練されていて美しいね」

「その手に持たれたボトルに嫉妬さえ覚えるよ」

クレイグやフォールは特にべた誉めだ。

「失礼します」

それでも八神の傍へ寄ると、桜はこれまで感じたことのない緊張を覚えた。

(俺が震えてどうするよ)

「ありがとう」

八神の態度は淡々とし、今も同じだ。やはり基本は硬派を超えた鉄板だと思う。

しかし、そう考えると、感情を乱した彼がより鮮明に桜の脳裏に浮かぶ。

〝この気持ちに嘘はないんだ――。好きだ、桜。私は君を愛してる〟

(本心……、だったんだろうか? ――だとしたら、ひどい言い方をしてしまった)

桜の胸がズキンと痛む。あれが演技ならアカデミー賞ものだ。

しかしその反面、やはり本心とは確信しきれない自分がいるのも、また事実だ。

こうなると、桜は自分自身に一番イライラしてくる。

「桜ちゃん、お仕事になっちゃったの?」

サービスを始めた桜にマリウスが悲しそうに問う。

ここでも桜は、小さな天使に助けられたと感じた。

「違うよ。これはみんなへの〝ありがとう〟の意味」

「そうなんだ！」

「あ、マリウスにはジュースを持ってこようか。何がいいかな？」

「僕、りんご！」

「かしこまりました」

結局、習い性で、桜はその足でカウンターまでオーダーに向かった。

それを見ているハビブたちは、なおも肩を震わせている。

（あんな無茶なオーダーしなきゃよかった。この調子じゃ、全品プレゼンテーションなんて、気が気じゃない。今からすべて皿盛りに変更ありかな？　わがままも大概にしろ、テメェ殺すぞって言われても、このままじゃ心臓が持たない。同じ死ぬなら粗相がないほうがいい）

しかも、大きな粗相に繋がってからでは遅いと判断した桜は、一緒に盛りつけの変更も頼んだ。

桜が要求したプレゼンテーションは、メニューのひと品ごとにスタッフが大皿から取り分けをしたり、食材をカットして配ったりという手間がかかる。

それをサービスで見せるからプレゼンテーションなのだが、これでミスが出たら最悪だ。

すべての料理が最初から盛られていれば、少なくとも余計なミスは起こらない。

「――申し訳ございません。私の諸事情からすべて皿盛りに変更させていただきました。プレゼンテーションは、また別の日にお楽しみください」

桜は席へ戻ると、深々と頭を下げた。

しかし、どんなに優れたプレゼンテーションよりも、ハビブたちには、右往左往している桜のほうが最高のエンターテインメントに見えるようだった。

「本当に君は最高だ。こんなに楽しいディナーは初めてだ」

終始肩を震わせて笑っている。

「ありがとうございました」

それでも桜はオードブルから最後のコーヒーとプチフールが出てくるまで、気が気ではなかった。一品来るごとに、隣でマリウスが「美味(おい)しいね」と笑ってくれたことで、息継ぎができたように思う。

ようやく安堵できたのはコーヒーを見たときだ。

(決死の覚悟でシェフに皿盛りへと変えてもらって、ドリンクサービスは全部俺。それでもスタッフが運ぶロマネが気になって、食事の味も内容もよく覚えていない。せっかくのロマネだったことは確かなのに、試飲するにしたって、こんなチャンス滅多になかったのに！ これで五万円の出費って、何してるんだろう。変なテンションから一気に目が覚めた気分だ。まあ、別の意味で下船ポイントは稼げただろうからいいけどさ)

レジをすませてレストランをあとにするも、失笑さえ浮かばない。

これで一週間ぶりのオフだというのだから、世も末だ。

桜は部屋へ戻ろうと、「そろそろここで」と、切り出そうとした。

「――さ。次はカジノだ。行こう、桜」

「え⁉」

根こそぎエネルギーを吸い取られていく桜に反し、なんてハビブの元気なことか。

レストランからカジノのある場所へ、手まで摑まれ引っぱられていく。

「僕も手ぇ！」

残りの手はマリウスに繫がれるも、さすがにこれ以上は付き合えない。

それに、気持ち以前に問題がある。

「待ってください。私はクルーです。基本的にカジノは……」

「知ってるよ。入港先のカジノへの出入りは禁止されてないが、ここでは乗船客に〝ＦＩＸＥＤ ＧＡＭＥ（八百長）〟の疑いを持たれかねないので、クルーの遊戯は禁止。でも、クルーだとわからなければいいだろう」

だが、ここでもハビブは準備に余念がなかった。常にそつなく傍にいるＳＰに手を向ける。

すると、ＳＰの一人が小さなアタッシェケースを開いて、桜に差し出した。

中には何種類ものベネチアンマスクが入っている。

「マスカレード？」

「そう。今夜のカジノはこういうイベントパーティーに切り替えてもらったんだ」

そう言って桜をエスコートするハビブの視線の先、カジノの出入り口では、仮面を着けても誰とわかる豊臣がこちらに向かって手を振っていた。

（――いや。そもそもハビブたちといたら、それだけで俺だとバレるって。だいたいマスクなんて関係ないじゃないか、ハビブの格好は！）

今更だが、とんだ割り勘になってしまった。

ハビブがフォール、クレイグと一緒にコソコソしているのは知っていた。

だが、遊戯以外のところまで根回しをしたり、散財の算段をしているとは考えてもみなかった。

こんなことなら、あのままカフェで話を聞くにとどめて、コーヒーでも奢ってもらっていたほうがよほどお金もかからなければ、悪目立ちもしない。桜のオフホワイトの正装など、ハビブと同じぐらい目立つ。その上にベネチアンマスクを着けろとは、どんな罰ゲームかと思う。

桜は心底から、生まれも育ちも違う彼らとは、文化も違うことを痛感した。

「見て見て、似合う？　桜ちゃんも着けて！」

「――」

それにもかかわらず、一人だけウサギ耳のカチューシャを着けて喜んでいるマリウスを見ると、ノーとは言えない我が身が呪わしい。

ふへへへぇと笑う可愛い天使に逆らえないのは、万国共通だ。文化以前の問題だった。

諦めて、手渡されたマスクを装着した。

今は、マスクに鏤（ちりば）められたダイアモンドっぽいものが、模造であることを祈るばかりだ。

「ビューティフル。とてもよく似合う」

「普段はクールな桜に、妖艶さが生まれるね」

しかし、これまですべて本物を見せつけてきた彼らが、これに限って笑顔で模造品を身に着けるだろうか？

そう考えると、気持ちが沈む。ただのベネチアンマスクが鍵付きのアタッシェケースに入っていたことも、変な裏づけだ。

これならマリウスが着けているウサギ耳のほうが、精神的には落ち着けそうだ。

「ほら、魁も着けろよ」

「いや、俺は部屋に戻ってマリウスを寝かさないと」

八神もハビブにマスクを差し出されていたが、そこは断っていた。

「えー！　やだよぉっ！　僕も桜ちゃんとゲームするっ」

「魁。気持ちはわかるが、ここで帰って寝ろというのは、桜と昼寝しろって言うのと同じぐらいコクじゃないのか？」

「それを言うなら、そもそもカジノは成人してからだ」

「なら、魁が代わりにやればいい。マリウスは傍で見ているだけという形で。それぐらいは融通が利くように、前もってオフィサーにも許可をもらっている。そのためのマスカレードパーティー仕様だしな。今夜はカジノがメインではないってことにしてある」

「ハビブ、すごーい。ね、パパ」

マリウス一人にだって逆らえないだろうに、ハビブまで加わっては、八神も桜同様ノーが言えなくなったようだ。諦めたようにベネチアンマスクを受け取った。

「一時間だけだぞ」

「うん！」

慣れた手つきで装着しているのを見ると、この手の遊びには何度も付き合っているのだろう。

艶やかなマスクが、彼の持ち前の固ささえ和らげる。

漆黒の髪に漆黒のフォーマル。マスクも彼のイメージに合わせているのか、装飾のないシンプルなものだが、その分ブルーグレイの瞳が宝石のように映える。

その輝きはいつも以上にセクシーだ。

（教育上は、部屋に戻って寝かせたいんだろうな。それにしても、俺に対して何事もなかったかのような徹底ぶりは、やはりすごい。俺が忘れてくれって言ったんだけど）

極力八神のことを考えないようにしているが、それ自体が意識している証だった。

〝あなたが本当に、俺を好きならば――〟

これに関しては、桜も忘れなければいけない話だろうに、思いのほか簡単ではない。

（本当に綺麗にリセットされているのか、抑え込まれているのか。またはすべてが演技なのか）

今となっては、気にしてるのは桜のほうだ。

これではいけないと、自身を奮い立たせる。

（まあいいか。こうなったら俺も少しは気晴らしだ。この際だから遊んでみよう。――とはいえ、さすがに顔馴染みのディーラーが揃っているゲームは遠慮したい。そうしたら、スロットマシーンがいいか。機械相手で小難しいルールもない。確か、デノミが五セントと二十五セントのマシンが主流だから、五セントマシンなら二、三十ドルもあれば、そこそこ回せるだろう）

桜は場内を見渡し、個人プレイで楽しめるスロットマシンを、それも並びの一番端の席を選択した。

ハビブたちは「どうする?」と顔を見合わせていたが、

「パパ! 僕、桜ちゃんの隣がいい。お膝抱っこしてやって!」

「どうぞ」

「ありがとう」

一瞬にして、隣がマリウスに埋められたことで、「やれやれ」というポーズ。

それなら今だけは——と、ディーラーが揃うカードゲームのほうへ向かった。

桜は、マリウスや八神と一緒にスロットマシンを回し始める。

(なんだか、不毛な時間だな……)

スロットマシンなど、学生時代に遊んだゲームセンターのコインゲーム程度でしか回した記憶がない。だが、それとこれの何が違うのかと言えば、現金が減るか増えるかということだけで、当たらなければ減るだけだ。ゲームセンターと大差はない。

強いて言うなら、減り方が大きいということだろうか?

(あれ? 侮れない。意外と早くなくなるもんだな。あ、これ、二十五セントのマシンか)

そこは桜の着席間違いであり、痛恨のミスだったらしい。

そう気づいた矢先に、隣からサイレンが鳴った。

「わあ、すごーいっ! パパ、7が揃ったよぉ。なんか、いっぱいコインが出てきたよぉ」

「……」

同じように仏頂面で淡々と回していた八神が大当たりを出したようだ。

本人は唖然(あぜん)としているが、マリウスは大喜びだ。

すぐにスタッフがコインケースを持って駆けつける。

それと一緒に、野次馬も集まり始める。

(八神さん、ジャックポットまで引いたのか。無欲の勝利って、まさにこれだな――)

通常の当たりだけでなく、マシンの列ごとに加算蓄積されていくボーナスコインまで引き当てたらしい八神は、膝に乗せたマリウスとジャカジャカと出てくるコインで身動きが取れなくなっている。

「ちょっと、両替に行ってきますね」

八神に反し、手持ちのコインを切らし、尚且つマシンに直入れできるドル紙幣をも切らし、桜は席を立った。

「あ、待って桜さん。これ、あげますから、行かなくてもいいですよ」

このときばかりは傍にいてほしかったのか、八神が桜を引き留める。

思いがけない声かけに、桜は自然に笑えた。

「自腹のルールですから」

そう言って席は離れたが、八神と会話ができたことで、しばらく続いた緊張が解けた気がした。

二人の間に引かれてしまった見えないベールのようなものが、取り払われたような開放感だ。

これなら、今までどおりに過ごせる——そう思った。

「へー。魁はスロットで当てたのか。どうやら天使が微笑んだか？」

足早に移動する桜に、ハビブが声をかけてきた。手にはチップケースを持っているが、中は一枚一万円相当の、ここでは最高額のチップで埋まっている。

桜の記憶に間違いがなければ、ケース一つで五百万円から六百万円分だ。価値がわかるロマネ・コンティほどの衝撃はないが、それにしても「あるところにはある」の典型だなとは思う。

「そうだ、桜。ちょっとこれを減らすのを手伝って」

「——それは、できません。ここは換金できるカジノです。チップやコインはキャッシュと同じです。どうぞご自分でお使いになって、彼らのように増やしてください」

「俺を今以上の金持ちにしても、砂漠に砂を撒くのと同じで意味がない。それに桜は何か勘違いをしてないか？」

しかし、こんな大金もハビブにとっては、子供の駄賃程度なのだろう。

もしくは、それ以下の価値でしかない。

「勘違い？」

「俺は君に好意があるから、何かしたくてたまらない。同じ時を過ごして、会話をして。触れ合えるまでになれたらどれほどいいかという恋心と野望を抱えて、こうしてアタックしている。そこにいくらかかろうが、自己投資だ。目的を達成するため、自分のために使うのだから、君が遠慮したり、貢がれるような気持ちになる必要はない」

ハビブはその場に桜を引き留め、不思議そうに説明してきた。

確かに彼の価値観では、そういうことになるのだろう。桜のためではなく、桜を得たい自分のためだと言われたら、これに返す言葉はない。

「君が仕事でサービス心技を見せることで俺を堕としたことと、俺が今の自分にできることで君を堕とそうとする根本は同じだ。仕事か個人かという違いはあっても、相手を心地よくしたい。笑顔にしたい。語弊はあるが気に入られたい。それだけだ」

ただ、だからといって、それとこれとは別だった。桜は思わず息を呑む。

そして、静かに吐くと、ハビブにまっすぐ視線を向ける。

「――そこは、一緒にしないでください。失礼にもほどがあります」

「ん？」

「俺は退屈しのぎで人を笑顔にしようとか、気持ちを奪おうなんて思ったことは一度もありません。ましてやそれを友人同士でゲームにするなんて」

「っ⁉」

突然憤りをぶつけられたハビブが目を見開いた。

言われたことの意味がわからない、理解に苦しんでいる表情だ。

「すみません。やっぱり俺には無理みたいです。あなたたちにはついていけそうにない」

だが、桜にとっては、こんなハビブの態度からも、自分が軽んじられているとしか感じられない。腹立たしいのもあるが、それ以上に切なくなる。

ようやく落ち着けたはずの気持ちが、一瞬にして乱れた。

「ちょっ！　桜‼」

身を翻した桜を追いかけたハビブの手からチップケースが、そして外されたベネチアンマスクが床へ落ちる。

毛足の長い絨毯は、その場に撒かれたチップの音さえ吸収してしまう。

「桜！」

一直線に出入り口へ向かった桜の腕を、ハビブが捕らえる。

傍にはSPもいるが、ハビブは彼らに桜を追わせることはしなかった。

あくまでも自分で追ってきた。

「ゲームってどういうことだ。俺は真剣に言っているんだぞ」

これまでで一番強く腕を掴まれる。桜は振り解こうとしたが、ままならない。

「それはわかっています。きっと真剣に遊ばれてるんですよね。クレイグ様やフォール様、途中から参戦された八神様と。誰が一番優れた男なのかを競い合うことで――。何人のナンパに成功するかというルールではなく、誰がターゲットを堕とすかというルールで」

せめてもの抵抗は、心にとどめ続けた憤りを吐き出すぐらいだ。

桜は「もう、いい加減にしてほしい」という気持ちをハビブにぶつける。

「ルール⁉　あ、もしかして昨日の俺たちの話を聞いていたのか？　プールサイドでの話」

「すみません。偶然ですが聞いていました。逆を言えば、わかっていたからこそ、あなた方に気持ちが流されることもないので、ここまでお付き合いもしました。一人のクルーとして」

　空いたほうの片手で、ベネチアンマスクを外す。純粋な気持ちで懐いて、遊び相手に選んでくださっ
「でももう、私自身がキャパオーバーです。純粋な気持ちで懐いて、遊び相手に選んでくださったマリウス様には申し訳ないですが――」

　今にも溢れそうな涙を堪えて、それをハビブに差し向けた。

　ハビブが反射的にそれを受け取ったと同時に、彼の拘束からすり抜ける。

　出入り口からエレベーターフロアへ向かう。

「待て！　そういう話なら、これからが本当のラブゲーム、いやラブバトルの開始じゃないか」

「⁉」

　しかし、それでもハビブは追いかけてきた。

　今一度桜の腕を捕らえて、エレベーターフロアに足止めをする。

「聞かれた内容に関しては否定しない。言い出したのは俺だ。ただ、その様子じゃ最後まで話を聞いていなかったようだから、ここだけは説明させてくれ。肝心な部分だ」

　ハビブもいつになく真剣になっていた。声を発すると同時に、周りを見渡す。

「おい、誰か撮ってるか？」

「はい。ハビブ様。昨日のプールサイドでしたら、編集前ですがこちらに」

　ハビブが呼びつけたＳＰの一人が、スーツの懐から十インチ程度のタブレットを取り出した。

　見れば、彼がかけているサングラスのフレームには、小型カメラのようなものが装着されている。

「なら、それを。むしろ未編集のほうがいい」

「っ？」

桜の目線に、タブレット画面が向けられた。

それとSPの彼を見比べると、

「貴重なご旅行の記録ですので、撮影者は常に四、五名ほど。みな様の自然な姿を撮影したいので、カメラが目につかない形で行っております。他のお客様を盗撮するようなことは決してございませんので、そこはご心配なく」

桜は彼がホームビデオのカメラマンを兼任していることを理解した。

他にもカメラマン兼任のSPが数名いるようで、傍へ寄りながら軽く会釈をしてくる。

そして、「こちらです」とタブレットの映像を見せられる。

〝決まりだな！　では、早速ゲームのルールから決めよう〟

確かにそれは、昨日のプールサイドの光景そのものだった。

ハビブが放った台詞も記憶している。

だが、ここで桜はその場から離れた。休憩時間が終わりに近づき、移動したからだ。

〝俺は、クルーの桜が気に入っている。この旅が終わるまでに、彼の心を射止めたい。そして許されるなら、横浜から直行で国へ連れて帰りたい。そのまま嫁にする。だから、俺のラブターゲットは桜だ〟

しかし、そこからの会話は、桜がまったく想像さえしていなかったものだった。

ハビブが桜への気持ちを仲間に告白し始めたのだ。

〝見え見えだね。ようは、それを僕らに言いたかっただけだろう。そろそろ我慢の限界だろうと思ってはいたけど。でも、それで僕らを牽制（けんせい）しているつもり？〟

〝なんのことだ。フォール〟

〝僕もかなり桜が好きだよってこと。それこそ後妻にしたいくらい〟

〝あ？〟

しかも、それにフォールが賛同とは違うが、同じように告白をした。

〝そうだね――。あまりに暇なので、これまでになく周りを見た気がするが。気がつくと私も彼の姿を捜していることが多くなった。彼の存在は公私共に好みだし素晴らしい。ということで、私も桜がほしいな〟

〝クレイグ〟

こうなると、映像を見せられた桜も困惑し始める。本人たちは真剣そうだが、話題にされている桜から見れば、これこそが作りものではないかと思えてしまう。

〝そんな意外な顔をしないで。友情の基本を忘れてはいけないよ、ハビブ。我々は国も年もこうして違うが、好みが非常によく似ている。特に心を奪われがちな相手がそっくりだ。ただ、八神までそうだったというのは意外だし、絆（きずな）が深くなりそうで嬉しい限りだけどね〟

〝いや、私は――〟

ただ、これが事実だということは、皮肉にも八神が教えてくれた。

彼は桜が見ていたときと、まるで態度を変えていない。常に傍にいるマリウスを気遣い、何を言うにもするにもどこか控えめだ。

〝え？　そうなの？　僕は、最初に桜に惹かれたのは魁だと思っていたのに。マリウスを通しての会話も多いし、接し方もこれまで見てきた中では、あからさまなぐらいソフトだ。しかも、君が彼に気を許したのが驚くほど早かった。彼にマリウスとのスキンシップを許しているのは、最大の信頼の証だろう〟

〝……〟

フォールに追及されて、八神が黙った。

だが、困りきった彼の表情からは、フォールの見立てが外れていないことが窺える。

――桜にマリウスとのスキンシップを許しているのは、最大の信頼の証。

独身で子供を持ったこともない桜からしても、とても説得力があった。

〝信頼と恋愛の熱量は別ものだってことだろう。というより、いらないところでライバルを増やすのはやめてくれないか、フォール。そうでなくても、今の魁は最強の武器を持っているんだから〟

しかし、そんなフォールにハビブが抗議する。

〝そう言われたらそうか〟

〝確かにね〟

この時点でフォールとクレイグは、彼らの言うところのゲームには、八神が不参戦と納得したようだ。

〝パパ。なんのこと？〟

〝気にしなくていい。マリウスはいつもどおりでいいから〟

〝はーい〟

八神はマリウスを誤魔化していたが、その表情はどこかで見たことのあるものだった。

そう。桜に「言い訳をさせてほしい」と求めてきたときと同じ表情だ。

やり場のない、切なそうな眼差しだ。

(八神さん……)

やはり彼の気持ちは嘘ではなかった。冗談やゲームでもなかった。

それが明確になるだけで、桜の身体から力が抜けてくるのが感じられる。

〝じゃあ、フォールとクレイグもターゲットは桜ってことでいいんだな。俺は親友が相手でも容赦はしないぞ〟

〝望むところだ。それはそうと、彼のスケジュールはどうなっているんだろう。この手の船にも、乗客との接触には厳しい規律があるはずだ。僕は最愛の人に迷惑をかけるのは本意じゃないから、アタックするなら節度というルールを主張したいな〟

そして、その後もハビブやフォール、クレイグの会話が続いた。

〝賛成だね。先にオフィサーに確認したらどうだろうか〟

〝は？　それって規律に合わせて口説けってことか？　面倒くさい。だったら船ごと買い取ったほうが早いじゃないか。なんなら会社ごと……〟

〝ハビブ！　さすがにそれは紳士なやり方ではないよ〟

〝というか。多分そういうの嫌いだと思うよ。桜みたいな真面目な子は〟

〝――――〟

中には、そんな物騒な話まで出たのか⁉　と驚かされる内容もあったが、そこは必要最低限の常識は持っている友人たちに阻まれた。

〝郷に入っては郷に従えという言葉もある。いいじゃないか。今だけは私たちが桜のテリトリーにいると思えば。恋は障害があるほうが燃えるものだ。ただ、我々にとって最大のライバルは、おそらく彼の仕事熱心さだとは思うけどね〟

最後はクレイグが話を纏めて、五人は次々と席を立つ。

その場から移動して、映像は彼らの後ろ姿を収めつつも、フェイドアウトした。

「これにて、終了でございます」

SPの手により、タブレットの映像が切られて、それも懐へしまわれた。

「――――」

「納得したか。俺たちの告白はゲームじゃない。たまたま、好みがかぶっただけだ」

ハビブは映像の補足をするように、話を続ける。

「それでも、勘違いさせて悪かったとは思う。けど、これで理解しただろう。俺が桜を好きなのは本気だって。むしろ遊びだったら、こんなまどろっこしいことはしていない。そもそも俺は相手のイエスを待つような男じゃないし。ほしいと思うなら、ここから桜を攫って逃げることだって容易い。今すぐしてみせてもかまわないぐらいだ」

ここまで明かされたら、桜にも彼が言わんとすることは理解できる。

かつてないほどの誤解だ。それも、自分が半端な情報から先走ってしまった結果だ。

「しかし、それをしていないのは、桜への尊重であり、俺の最大の愛の証だ。まあ、一割ぐらいは彼らへの友情もあるけどな」

エレベーターフロアには、フォールやクレイグも駆けつけていた。

ハビブやSPが動いたところで、何事かと思ったのだろう。二人の背後には、マリウスを抱いた八神もいる。

八神だけはすでにベネチアンマスクを外している。

「――なるほどね。そういうことだったのか。ごめんね、桜。どうりでこれまでとは態度が違うと思った。よそよそしいというか、なんというか。けど、自分がゲームのターゲットにされていると思い込んでいたら、不思議はないよね」

フォールがマスクを外しながら、改めて謝罪をしてきた。

「本当にごめんよ、桜。まさか昨日の話を聞いていたと思わなかったから――。知っていたら、最初にきちんと説明をしたのに。僕らがそうとは知らずに告白をはじめたから、君を深く傷つけてしまったんだろうね。そう考えると、リビングでの涙も辻褄が合う」

クレイグも同じだ。決してマスクを着けたまま謝ったりはしない。

「……」

だが、桜にしてみれば、こんな状況は困るだけだ。どうしていいのかわからない。
そもそも先走って、こんな対応をしたのは自分だ。
だが、事実を知ってなお、いまだに冗談としか思えない部分はあった。
どんなに好きだ好みだと言われたところで、そんな馬鹿な。どうしてよりにもよって自分を⁉ と疑問にしか思えないのも確かだからだ。

「桜ちゃん。どうしたの？」

「――」

心配そうに声をかけてくれるマリウスにさえ、笑顔が作れない。
しかし、このまま黙っていることは、桜自身が許さない。
桜は姿勢を正すと、改めてハビブたちを見た。

「いいえ。ごめんなさい。もとを正せば、俺が変な勘違いをしたから……。あなた方のことを頭ごなしに疑ってしまったから。ハビブ。フォール。クレイグ。八神さん……。本当にどうもすみませんでした」

身体を折って、その場で陳謝した。

「謝ることはない。というか、もう謝られてしまったから、これはこれで終わりだ。代わりにさっきも言ったように、ここからがスタートだ。まずは俺たちの真剣さを認めてほしい」

すると、そんな桜の腕を摑んで、ハビブが顔を上げさせた。

「桜の立場はわかっているから、無茶なことはしないし言わないよ。ちゃんと君側のルールに合わせて口説くし、改めて友人からでかまわない。ただ、この場でオールノーだけはしないでほしいな。せめて、何日かは考えて。できたら横浜に着くまでぐらいは検討してほしいけどね。今後も交流してもらえるかどうかを――」

フォールは何事もなかったように、軽い口調で笑ってくれた。

「もちろん。君を苦しめることは本意ではない。でも、我らが天使のためにも、願わくは」

「クレイグ。悪いがマリウスを引き留める手段にはしないでくれ。それが一番彼を苦しめるし、マリウスにとっても残酷だ」

「――魁」

しかし、変わらぬ笑顔でこの場を締め括ろうとしたクレイグに対して、八神だけはきつく言い張った。

そもそも大人の恋愛ごとに子供を交ぜるな、利用するなと言わんばかりだった。

そして、それは八神自身が三人の前では父親を貫こうとしたことにも通じているのだろう。

八神の恋愛は個人だけのものではない。

少なからずマリウスという息子に影響を与えてしまうものだ。

だからこそ、彼は自分の中に桜への思いをとどめた。あの場で彼自身を揺るがしてしまうほどの衝撃的なことが起こらなければ、きっと彼は最後まで同じ調子で接してきたはずだ。

桜に対しても、誰に対しても――。

「理由はどうあれ、お互いに誤解があった。しかし、それはこの場で解けた。まずはよかったでいいじゃないか。ただ、これから先のことは、各々の気持ちで決めることだと思う。君も私たちもそれぞれの判断で」

八神は抱いていたマリウスを下ろすことなく、桜にも話しかけてきた。

「八神さん」

「私はここまでのすべてを忘れる。だから、どうか私にはお気遣いなく」

その口調と笑顔はこれまでで一番はっきりとしていて、また向けられた桜の胸が痛くなるほど、明るいものだった。

（――）

6

〝Ｓａｋｕｒａ……〟

たった一日二日の間に起こった出来事で、急速に気持ちが変わっていく。

〝私は君のことが好きなんだよ、心から好きなんだ。この気持ちに嘘はない〟

経験したことがないほど大きく揺れ惑う。

〝泣いている君に驚いて、感情が高ぶってしまって、気持ちが抑えきれなくなった。母国語で告白をしてしまった〟

——こんなことってあるんだろうか？　そもそもどうしてこんなことになった？

翌日、桜は部屋のベッドで横たわり、朝から自問自答を繰り返した。

すでに出ている結果に対して、後付けの理由を探しているだけだが、一連の出来事には相手がある。まずは心の整理をしていくしかない。

それはわかっているのに、余計な時間をかけてしまうのは、自分が納得できる理由——言い訳がほしいだけだろう。

そもそも環境から生じるストレスから、判断力が鈍っていた。

しかしその一方でじきにこの生活も終わる、自分次第で変えることができるのだからという逃げ道があることに、油断が起こっていたかもしれない。

そこへ、初めて対応した桁外れなＶＩＰたち。天使を抱えたシングルファーザー。

香山からの電話。ラブゲームという単語。

そして――、

〝好きだ、桜。私は君を愛してる〟

荒ぶる感情の中でぶつけられた予期せぬ告白。

職務意識だけで繋ぎ止めてきた桜の理性が崩壊した。八神どころか、自分さえうまく取り繕うことができなかった。

〝でも、今の俺には、いろいろと余裕がないんです。ですから。ここまですべて含めて忘れてください。あなたが本当に、俺を好きならば――〟

あのとき桜は猜疑心に囚われ、一度リセットしてしまわなければ感情が追いつかなかった。

目の前で起こっている現実や事実に真摯に向き合う術がなく、結果的に自分の主張だけを八神に突きつけ、それを受け入れさせることになった。

それなのに、カジノで八神とそれとない会話ができたときは安堵した。

これだけでも、今思えば勝手な話だ。

〝私はここまでのすべてを忘れる。だから、どうか私にはお気遣いなく――〟

その上、ショックを受けて傷つくなんて、おこがましい。

八神は桜に言われたとおりに、感情をリセットしただけだ。

あれこそが八神の愛の証だったかもしれないし、実はそれさえ通り越して呆れ果てた、桜に愛想が尽きた結果かもしれない。

いずれにしても、彼の本心は彼にしかわからない。桜には確認する権利もない。

（下船用のシフトを組むどころじゃなかったな――。こんな自己嫌悪は、生まれて初めてだ。思い出すだけで……駄目だ。目頭が……熱い）

結局、この日は身体を起こすのも、食事に行くのも億劫で、ずっと部屋に籠もっていた。

それでも船内用の携帯電話はデスクの充電器に置いたまま、電源は落としていない。仕事用だからというのはあるが、番号を知っているマリウスがかけてくるかも――と、考えたからだ。

（もひもひ……。桜ちゃん……か）

しかし、かかってくることはなかった。

八神がマリウスを止めているのかもしれないし、勝手にかけられないよう、番号を消去している可能性もある。そう考えると、無性に寂しい。

だが、寂しさを覚えることさえ、桜は身勝手な気がした。自己嫌悪が増すだけだった。

（いったい俺は、どれだけ八神さんを傷つけてしまったんだろう。出航から今日まで二週間弱とはいえ、彼の何を見てきたんだろう）

考えれば考えるほど、自業自得だった。

枕元に置いていたスマートフォンを弄るも、何も頭に入ってこない。

桜は気を紛らわすこともできないまま、すぐに手放す。

（彼の言動は常に一貫していた。俺に対して、急に態度が変わるなんてこともなかった。そりゃあ、身内だけでいるときは少しぐらい違うかもしれないが――。でも、そんなことは、あって当然だ。俺だってオンとオフでは違う。こんなのは社交辞令以前に、必要最低限の処世術だ。育児が疲れたぐらいの本心はともかく、本性がどうこうではないだろう。本当に、すべてが俺の早とちりだし、先走りだ）

今となっては、八神という男が桜にとって、はじめから別格で特別なのか、ここへ来て一番大きなトラブル相手となったから気になるのかさえわからなくなっていた。

（キスより、告白より、忘れるという一言が衝撃的だった。嘘みたいに胸を衝かれた。けど、先に彼を刺したのは俺だ。許す許さないの話じゃない）

いっそ、相手を意識したときには失恋だった。自分の未熟さから得られていたかもしれない恋愛や幸福を失った。そう、結論づけてしまえば早いのだろうが――。

それさえ図々しい、身勝手すぎると罵り、許すことができない自分がいる。

（これから先のことは、各々の気持ちで決めること……か）

少なくとも、桜は自身の言動で彼を傷つけた。

少なからずあったはずの信頼を削るかなくすかは、しているのだから――と。

＊＊＊

アロタウで下船するつもりだった桜を乗せたまま、ファーストプリンセス号は台湾へ向かっていた。

（八神さんの態度が羨ましいほど変わらない。というより、もとからハビブたちの中では控えめなパパだったからな。変わったとか、変わらないとかではなく、これが平常なんだろうけど）

桜は、自身の中でモヤモヤし続けて、うまく消化しきれない感情から逃げることも向かうこともできないまま、黙々と仕事をこなしている。

それこそ仕事以外ではクルー専用のフロアから出ることもなく、誘われれば同僚たちとフロア内のカフェ＆バーで酒を飲んで時間を潰した。彼らと楽しみ英気を養うというよりは、一人でいると考え込むだけで気が休まらない。それならと、誘われるまま同席している形だ。

「桜チーフと飲めるなんて、最高です！　超ラッキーです!!」

「本当。あのまま客室最上階に攫われちゃうんじゃないかと思ってました。よかったぁ」

それでも、セレブな彼らとの出来事が話題になるのは、日常茶飯事だ。

毎回同じメンバーと席を一緒にするわけでもないので、一日に一度耳にする。

ただ、これは仕方がない。

「大げさだよ。俺はマリウス様の子守の手伝いで行っただけだし」

「でも、彼らは真剣ですよ。今だってガチで口説き続けてるじゃないですか、特にあのアラブ様は！」

「そうですよ。こういったらアレですけど、あの人たちは性別無視して口説かれたらヤバい感が漂ってるから、さすがの桜チーフでもその気になっちゃうんじゃないかと思いました。俺だったら、よろめきそうだし」

「いや、向こうがお前にはよろめかないって」

「わかってるよ、そんなこと！」

そう。同席者たちが盛り上がっているとおり、八神の態度も変わらないが、ハビブたちのそれも変わらない。

仕事中に邪魔をするようなことはないが、朝昼晩と誰かが必ずアプローチをしてくる。

特にハビブは大胆だ。顔を合わせるたびに何かしら言ってくる。

——今日も素敵だ。昨日よりも夢中だ。いい加減に俺のものになれ。はいと言えば、その瞬間からお前は永遠の幸福が手に入るんだぞ——などなど。

今では毎日飛び出す彼らの口説き語録が、クルーたちの楽しみになっているほどだ。

おそらく、あまりに堂々と口説くものだから、冗談半分に感じている者も多いだろう。

国によっては同性同士の結婚が認められるなど、どんなに世の中が変わっても、日本人クルーが中心のここでは、桜を取り巻く現状のすべてを本気にする者が少ないのは当然だ。面と向かって口説かれている桜自身が、三日目には慣れてしまったように感じているのだから、他人がそれを見て本気にするほうがどうかしている。

「桜チーフ」

そんな話の中、深刻な表情で呼びかけてきたのは、向かい側に座っていた武田だった。

「ん？　何」

「俺は、チーフから見ればヒヨコ以下のすごい未熟者ですけど、それでもチーフからは、今後社会に出たときに必要なものをこのクルーで教えてもらったと思ってます」

「え？」

急に真剣な口調で言うものだから、桜だけではなく周りも驚いて口を噤んだ。

八人で飲んでいたが、そのテーブルだけが一瞬シン……となる。

「こういうサービス業に自分が適しているかと聞かれたら、それは違うかな。やっぱり俺は、人より物に向かうタイプだなって気がするんです。でも、それってここでお客様に対応するチーフの真摯な姿を見てきたから、明確になった部分だと思うんです。でもって、これから自分が向き合う物が人手に渡ったときに、チーフが笑顔にしているお客さんと同じ顔になったら嬉しいかな──とは、思うようになって」

それでも武田は周りを気にすることなく、自分が今感じていること、思っていることを桜に伝えてきた。

「俺、すごい運命を感じてます。昔、親父が酔っ払って、たとえバイトであっても働くことへの基本や精神を学べる先輩や上司に巡り会えると、それだけで人生ラッキーだぞって言ってたことがあって。そのときは、酔ってできあがってるな〜ぐらいにしか思わなかったけど、今なら〝ああ。このことだったんだ〟ってわかる気がして」

「──そうか。そう言ってもらえると嬉しいよ」

桜の顔に自然と笑みが浮かぶ。

「だからってわけではないですが、俺のことも……。俺たちのことも頼ってくださいね！　その、一人で我慢するとか、そういう仕事は、受けないでくださいね」

ただ、その後の武田の言葉はかなり意味深だった。

それは同席していた者たちにも通じたようで、全員が顔を見合わせながら頷き合う。

「俺は、お客様に対しても、オフィサーに対しても、常に毅然としている桜チーフが好きです。憧れてます。でも、下にももっと頼ってくれたら、励みになります。なんていうか、仕事以外のところでも」

「ありがとう」

桜もまた、こんな武田たちに対して、頷くことしかできなかった。

（ごめん……。俺は逃げる気満々だった。お前らからも）

その先は話が逸れて、他愛もない会話で飲み会は終わった。

明日も仕事があることから、十分な睡眠が取れる時間には解散し、各自部屋に戻った。

（これ以上、誰も傷つけたくはない。せめて仕事だけはきっちりこなさないと——）


最後の停泊地である台湾を出航すると、乗客は残りの二泊三日を船内宿泊で過ごし、ファーストプリンセス号は終着港となる横浜を目指して運航していた。

（最後の休日か。これといってやりたいこともないし、あんまり嬉しくないな——）

桜はスマートフォンでスケジュールを確認しながら、今更の休みにやはりベッドでゴロゴロしてしまう。

ただ、こうしてすぎてみれば、あっという間の一年だったとは感じていた。

すでに桜はクルージング派遣を契約満期で終了。更新はしないことを船会社本社と香山配膳には伝えていた。この先に桜と入れ代わりで香山から人が送られるのかどうかは、船会社と事務所側の話し合いで決めることになる。

船会社側も数年に一度は持ち船のクルーをシャッフルし、新たな契約社員たちとのバランスを取る人事異動をするそうなので、ギリギリまで返事は待ってくれていたが、桜の意思は固かった。

結局、織田たちとの一件を事務所にチクることはなかったが、新たに仲間の誰かがクルージング派遣に出るなら、一応忠告だけはしようと思っていた。

船内恋愛は誰を相手にしても自己責任だ。

あと、海と空のパノラマ続きに耐えられるかどうかも、この仕事では重要だぞ——と。

(あ、珍しい。高見沢(たかみざわ)先輩からだ)

そんなときにメールが届いた。

桜は身体を起こして、メールアプリを開いた。

(ん？　〝急なことだが、今週末の土曜に社長と専務の今更披露宴を関係者一同でサプライズプレゼントすることになった。交際スタートから銀婚式年数レベルらしくて、とにかくスポンサーも大量発生しているから、思いのほか豪勢かつ参加者が増えた。急ピッチで準備も進んでいて、現在誰もが祭りのテンションだ。その日なら桜もこっちに戻っているだろうから、復帰第一戦ってことで、高砂（たかさご）か主賓（しゅひん）か親族亀席をよろしくな。ちなみに主賓は泣く子も黙るＶＩＰ＆ホテル経営陣、亀席は当然社長の身内のトップサービスマンで埋まるから腹を決めとけよ。じゃあな〟って。え？　これ、なんの冗談？　でも、スポンサーに名を連ねているホテル名が半端じゃないんだけど……。全部香山の得意先、各国に支店を持つような五つ星だし……。これ、事実上のホテルサミットだろう）

最初は信じられず、本文を読み返した。

だが、送られてきた文面は何度読もうが変わらない。

（参加者が増えたって何人いるんだよ。主賓だ亀だってことは立食じゃない。ってことは、都内で一番大きな宴会ホールっていったらどこだ？　いや、丸卓でなければ千人前後は収容できるホテルの関係者が、このスポンサー欄にも揃ってるしな。この船の提携先もあるし）

桜はこれまで五百人から七百人規模の芸能人や著名人等の披露宴仕事もこなしてきた。ときには政党パーティーで、来賓全員が現役の国会議員とその関係者だったこともある。

しかし、それでも桜にとっては背筋が震えるほどの客層ではない。

新郎新婦というのか、新郎新郎というのか。高砂から来賓、ホールスタッフのほぼ全員がサービス関係者だというほうが、ただ恐ろしい。

これは何事だろうか？

いったい誰がこんなことを言い出して、また実行に移したというのだろう。

桜にはとうてい思いつかなかったし、それが逆に闇の力のように感じられる。

(今週の土曜ってことは、横浜到着が木曜だから——え⁉　金曜にはセッティングにかり出されるってことか？　でも、サプライズってことは、香山社長たちは知らないんだよな？　中津川専務は、普段どおり登録員のスケジュール組んでいて。でも、そこは多分派遣先でシフト調整がされていて、当日の仕事が全員これ？　一ヶ所にドンと集まるってこと？　なのに俺がこの大役テーブル担当⁉　嘘だろう！　こんなのどこも担当したくないって。せめて専務側の普通そうな友人席とか、サービス関係者ではない親族鶴席とか……)

桜は慌てて「嫌です。無理です。披露宴はしばらくやっていないのに、デシャップ(裏方)にでも回してください」と返事を打ち込む。

だが、送信する前に、トントンとノックが響いた。

「——あ、はい！」

桜は返信を保存し、ベッドを下りる。

今頃誰だと思いつつも、きっと同僚からの誘いだろうと扉を開いた。

「うわっぷ」

すると、一瞬にして桜の視界が深紅のバラで埋められた。

百本はありそうなそれは、最初はなんだか判断ができず、血の海に見えたほどだ。

強引に手渡される。

「よう。迎えにきたぞ」

「――ハビブ！　え⁉　ここ、クルー専用のフロア……」

抱えるほどの花束と一緒に現れたのは、深紅のバラにも負けない色香を放つハビブ。

背後にはダークスーツにサングラスというＳＰが二名ほどついている。

「前に言っただろう。俺はこの場から桜を攫うこともできる。それをしないのが最大の愛の証だって」

「いや、誰にいくら握らせました⁉　さすがにここは立ち入り禁っ……っ！」

問題はそこじゃないと追及する間もなく、ハビブが狭い出入り口の横壁にドンと手を突いた。

こうなると抱えていた花束が貞操の盾となってくれるが、それはすぐさまハビブ自身に奪い取られて、ＳＰに投げられる。

「そんなことはどうでもいい。さ、久しぶりのオフなんだから楽しもう」

「いやちょっと！　俺はそんな気分じゃ……、嘘っ！」

まともに返事もできないまま、桜はハビブに抱えられて肩へ担がれた。

ついでとばかりに「いくぞ」と尻を叩かれ、驚きも何もあったものではない。

「やめっ、下ろし――、ハビブっ」

桜は手足をばたつかせるも、ハビブは狭くて長い廊下を猛進していく。

部屋の中がビジネスホテル仕様なら、通路もまたそれ同様に狭い。桜の声は周囲に響いているだろうが、こんなときに限って休みの者たちが部屋には残っていない。

仮に残っていたとしても、扉を開いて様子を窺うだけで、止めるには勇気がいりそうではある

が――。

「俺に君のイエスは必要ない」

「なら、それは俺を愛していない証拠ですよね？」

桜は、ここでは誰も頼れないことを察して、身体をばたつかせながらも言葉で反論した。

「時と場合によるんだよ。俺はたとえ自分以外の誰かのために涙を流す者でも、笑顔にしたいと思えば道化師になる。こんなときに遠慮はしない」

「――⁉」

ただ、今日のハビブは何かが違った。

「心から惹かれた気持ちを忘れることが愛の証だなんて思考は、爪の先ほどもないんでね」

「……っ」

思いきり胸を衝かれて、息の根が止まりそうだ。

桜は声を発することさえままならない。

「え⁉　図星かよ？」

（かまをかけられたのか！）

衝撃が大きかった分、行き場もなく湧き起こってしまった感情から、桜はハビブに手を出した。

肩に担がれた姿勢のまま、利き手で彼の頬をきゅっと摘む。

さすがにつねりはしないが、その指先からは「黙れ」「傷心を抉るな」「馬に蹴られろ」「意地悪！」と言わんばかりの感情が示され、頬が真っ赤に染まっている。

しかし、それを受け止めたハビブは、かえって満足そうだ。

「あっ」

慌てて桜が手を引いた。

「いいね。その調子だ。今日一日割り勘にしてほしかったら、俺にだけは変な気を遣うな。泣いても笑っても怒ってもいい。なんなら仕事モードで接してきてもかまわない。そしたら一生暮らせるチップを、会社を通してお前の口座に振り込んでやるだけだ」

すると、ハビブがなおもからかい、桜の尻を撫でつけた。

これには力いっぱい逆らい、桜は担がれていた肩から跳ね下りる。

「それの何が脅しなのかさっぱりわかりませんが」

着地でよろめいたが、それでも視線は逸らさない。

ハビブが桜の細い顎を捕らえて、強引に自分のほうへ引き寄せる。

「世間は結納金だと思うだろうな」

「それはまずないですね。俺のオフはもっと高いので、こうなったら絶対に仕事モードでなんか接しません」

桜も懸命に彼の手を振り解こうとするが、次の瞬間、ハビブの空いた手が桜の右頬に向けられた。

「そうしろ。俺はそういう目をした桜が好きなんだ」

「！」

逃げられない何かを感じた桜だったが、ハビブは「お返しだ」とばかりに頬をむにゅっと摘んできた。まるでマリウスを相手にしているような態度だ。

その上に極上に意地悪そうな目つきで、ニヤリと笑われる。

緊張も抵抗もはぐらかされたところで、桜の顎を捕らえていた手が、また頬を摘んでいた手が、そうっと両の頬を包んでくる。

「――どうだ。俺は思ったよりいい男だろう。少なくとも俺の資産の中でもっとも価値があるのは、この俺自身だからな」

今一度引き寄せられる。と同時に、ハビブのほうからも顔を寄せてきた。

「惚れたくなったらいつでも惚れろ。俺は準備万端だ」

「ハビブ」

彼の言葉に嘘はない。どうして自分をこんなに気に入っているのか、好きになってくれたのか。桜からすれば不思議なほどだが、理由や感情は彼だけが知り、また理解できることだろう。

「――桜」

はじめから何一つ疑うことなく彼の言葉を信じていたら、そして少なからず受け入れていたら、桜にとって最後のクルージングは、今とまったく違う状況を迎えていたかもしれない。
(ハビブ)
まっすぐに向き合い、近づく唇に、桜は一瞬目を伏せそうになる。

(――八神さん)

だが、それと同時に両手を前へ、ハビブの口元へ向けてストップをかける。

「桜。もしかしたら、君の感性がズレているのか？　普通はここで堕ちるだろう」

ハビブは苦笑を浮かべるも、桜の両手をしっかりと握り直す。

すると、桜は視線をツイと右側へ流した。

「さすがにトイレの前では」

「……あ」

偶然だが、そこは長い廊下の途中にいくつかあるトイレ扉の前だった。

これにはハビブも今気づいたらしく、傍で見ていたＳＰ二人も顔を見合わせ、溜息をついている。そんな男たちを見ると、桜は今一度視線をハビブへ向けた。

「嘘です。すみません。場所が問題ではないんです。今、本当にあなたっていい人だなと思ったら……、このまま流されちゃいけないって」

「いい人？」

気の利いた言葉ではないとわかっているが、ありのままの思いを伝えた。

「そうです。友人になりたいスイッチが入ってしまって。きっとハビブなら、俺が一晩中飲んだくれて愚痴っても、ブツブツ言いながら聞いてくれて。挙げ句に吐き散らかしても、面倒を見てくれるんだろうな――って、気がしたから」

「どうしたらそうなる？」

ハビブは桜の言い分が不満というよりは、理解ができないという顔をした。

「あ、さすがにそこまではしてくれないですか」

「いや、しなくはないが」

「でしょう」

それでもここまで言葉を交わすと、「いい人」「友人になりたい」といった心境は感じ取ったらしい。

こればかりは相性としか言いようがないが、桜にとってハビブのストレートさは、恋愛的なトキメキやドキドキ感には繋がらなかった。ハキハキとしていて気持ちがよく、多少なりにも遠慮を解いたら、もっと居心地のよい相手になってしまったということだ。

「――恋の退路を作られたわけか。しかも、世の中で一番残酷な撤退命令だ。家族にしか見えないとか、友人だとかってパターンは」

「ごめんなさい」

それでも、これは桜に芽生えた一方的なハビブへの感情だ。無理なら、今以上に彼に辛い思いをさせるだけなら、改めて距離を取ることしかできない。

航海は今日を含めても、あと三日しかないが――。

(……本当に、俺はどうしてこうなんだろう)

一度は浮かんだ桜の笑みが、徐々に苦いものへ変わっていく。

だが、それを見つめるハビブは大きな溜息をつきながら、わざとらしく両手を広げてみせる。

「いや、いい。急いで結果を求めすぎた。フォールやクレイグがせっかく桜にシンキングタイムを設けてくれたのに。俺にとってはこの一週間が一日千秋としか思えず、強行に出た。まあ、我慢ができなかったツケってことだろう。もしくは、とっとと連れ攫ってしまわなかったのが一番のミスだ」

自分のアプローチの仕方がまずかった。失敗だったと大げさに言ってみせる。

それを見守るSPたちは、どこか誇らしげだ。

彼らは職務意識以上に、大らかな主の人柄そのものが好きなのかもしれない。

桜は、やることなすこと自分とは次元違いなハビブだが、今一度その人柄を見直すこととなった。類は友を呼ぶということわざは伊達ではない。彼らには彼らのマナーやルール、そして大切にしている友情や価値観があるのだろう——と。

「ただ、せめてもの慰めだ。これだけは聞かせてくれ。そもそもの桜の好みが魁だったんだよな？真逆だもんな、俺たちは」

それでも気持ちを切り替え、終結させるには、決定的な一言がほしかったのだろう。

ハビブがはっきり八神の名前を出してきた。

「……」

ただ、桜には何をもってして「好み」というのか、前例が乏しすぎてすぐに反応ができなかった。恋を自覚した香山は誰とも似ていないし、当然八神ともタイプが違う。

とすれば、これは容姿や性格の問題ではないのだろう。出会った誰かに対して惹かれ、心が動く瞬間があるかないか。それが大きな揺さぶりになるか否かというだけで、あとは桜自身がその感情を恋愛として認知しているかどうかだけだ。

「そうですね……。今思うと、一目惚れだったかもしれません」

「!?」

ふと微笑んだ桜に、ハビブは目を見開いた。

桜は持ち前の性格で、これまで理性で感情を分析しよう、変化を確認して納得しようと試みてきた。

だが、恋愛はそういうことではないのだろうという結論に、ようやく達していた。

いつの間にか感情が動く、覚えのない衝動に駆られる。理由なんてわからなくてもいい。

桜が八神やハビブたちと出会ったのは、イタリアから始まったツアーの出航日だ。

これを最後の仕事とするか否かを迷う中、桜はタラップを上ってくる乗客たちに、一階デッキでウェルカムサービスの挨拶に立っていた。

すると、一際目を惹く男性の集団が現れた。

〝彼らがオフィサーたちから注意が出ていた、当船始まって以来のＶＩＰゲストか〟

黒尽くめのＳＰたちも目立っていたが、中でも民族衣装のハビブと、マリウスを抱いていた八神は特に目を引いた。

〝あれ？　女性が同行していない。お父さんとお子さんだけなのかな？〟

どんな場所での接客であっても、幼児への対応は課題の一つだ。それが染みついている桜だからこそ、唯一の幼児であるマリウスに特別な意識が向いた。それは確かだった。

八神はそんな桜の視線に気づくと、タラップの途中からデッキを見上げて、目を合わせてきた。軽く会釈もしてきた。

〝よろしくされたかな。それにしても可愛いな、あの子。お父さんもすごく素敵だ〟

見るからに固そうで、生真面目そうな彼の微笑が印象的だった。

〝八神魁様か――〟

そこから何がどうして、こんなに重々しい感情になっていったのかは、職務意識で雁字搦めになっていた桜にはわからない。

〝Ｓａｋｕｒａ……〟

ただ、何度思い返しても、嫌悪感の類いはまるでなかった。

キスをされても、抱きしめられても。桜は焦りや動揺、困惑。ほのかな欲情が起こったことは思い出せるが、マイナス感情は何もない。

――つい。という言葉に過剰な反応をしたのは、彼のキスに同調した自分を裏切られたような気持ちになったから。いたずらに感情をかき乱された、遊ばれたと感じたからだ。

「だって彼は、船上の天使だから」

桜は思い出したように笑いながら、ハビブにはそれだけを答えた。

「そこかよ」

そして、完全に諦めがついたらしいハビブに誘導されて、客室最上階へ向かう。

「桜ちゃーんっ」

「マリウス」

程よい午後の太陽が降り注ぐ中、桜はＶＩＰ階専用のプライベートプールで遊んでいたマリウスたちと合流した。

何をどう考えたところで、これが最後の休日だ。彼らとの私的な交流だ。

桜は、この場だけは純粋に彼らと楽しむことにした。

「バウバウ」

「ナォ～ン」

そこには子供用の浅瀬のプールとジャグジーバス、飛び込み台付きの深めのプールの三種類がある。プールサイドには四匹の大型ペットたちも揃っており、フォールやクレイグ、八神たちも水着に着替えてパーカーを羽織っていた。

ハビブも民族衣装の下は、水着だったらしい。衣装の前を開くと、ひとまずデッキチェアーに腰を下ろして、サングラスをかける。

すでに晩夏だ。屋外での水遊びは、これが最後になるだろう。

桜は、浅瀬のプールでアヒルの浮き輪に摑まり喜ぶ、マリウスの傍へ寄った。

「桜ちゃんも着替えて、一緒に泳ごうよ」

「このままでいいよ。足が浸かれば十分だし、水着もないし」

そう言って裸足になるが、クレイグからビニールバッグに入った水着とタオル一式が差し出される。

「着替えなら用意してあるよ」

「――」

「飛び込み台の裏に、シャワー室があるから」

フォールからは「向こうだよ」と指されて、こうなると断る理由がない。

桜は着替えを受け取り、会釈をしてからシャワー室へ向かった。

（水着に着替えるのなんて、何年ぶりだろう――。黒ビキニって誰の趣味だ？　ハビブか？　いや、全員同じものを着用しているんだから、特に誰でもないのか）

ＶＩＰ階専用のプールだけに、ここに設置されているのは、シャワーが三台のみだ。

あとは物置兼用のロッカーがあるので、桜はその前で着替え始めた。

シャツのボタンに手をかける。

コンコン――とノックが響く。

「桜チーフ。武田です。ちょっといいですか。今、ルームサービスでここに来たんですけど」

誰かと思えば武田だった。桜は「え？　何」と返事をしながら、着替えを止めた。

鍵はかけていなかったが、中から扉を開く。

「どうした？　何かトラブルでもあったのか？」

「――何、暢気なことを。トラブルが起こっているのは桜チーフのほうでしょう。俺、言いましたよね？　俺のことも頼ってくださいね。一人で我慢するとか、そういう仕事は受けないでくださいねって」

「武田⁉」

怒気を露わに向かってきた武田に驚き、桜が後ずさる。

「ＶＩＰ相手だからって、何もかも許してほしくないんです。こんなことまで……許してほしくないんです」

「――ちょっ⁉」

扉を閉めると同時に、抱きしめられて、桜は声も上がらない。

体格や力の差もあるだろうが、抱擁がきつい。

拘束と変わらないそれに、桜は上体を締めつけられる。

「前から好きでした。特にこのツアーから意識が変わってきて、これは……、俺の好きの意味が違ってきた。恋だって気づいたのが折り返しの頃で。恥ずかしいですが、それで熱が出ました。チーフが医務室に様子を見に来てくれて、すごく嬉しくて。けど、気づいたからこそ、俺なりにアピールがしたくて、これまで以上に仕事も頑張って。子供用椅子とか、空回りもしましたけど、でも！　好きになる一方で。だからこそ、好き放題のＶＩＰには腹も立って仕方がなくて！」

「……っ」

感情を叩きつけるような告白に、ただ唖然とする。

武田なりに気持ちの変化や葛藤もあり、またここまでにいたった経緯も明確だ。

さんざん迷っていた桜にとっては、彼の「好きだ」という説明はとてもわかりやすい。

「俺は年下だし、今はまだ学生だけど……。でも、本気で桜チーフが好きだし、ずっと大事にしたいし――。だから……」

「武田っ！」

　だが、いきなりキスをされそうになり、桜は全力で避けた。

　身体を捩り、肩を押し、どうかに拘束を解こうとした。

「どうしてですか。さっきのＶＩＰには許したじゃないですか。キス、させたじゃないですか」

「してないよ！　彼にはきちんと断った。それに、彼も彼らも周りが思うほど強引でもなんでもない。ちゃんと俺の意思は確認してくれている」

　――見られていたのか！

　そう思う反面、だったらあの場で止めに入れよ、声をかけろよとも思う。

　おそらくタイミングが悪かったのだろうが、ここまで追いかけてくるなら、彼らの前で止めたらいいじゃないかとも考えてしまう。

　そんなことをされたら、間違いなく困るのは桜のほうなのに。

「だから、そういうのが嫌なんです！　いいじゃないですか、少しは一緒になって客の文句を言ったって！　愚痴も零してくれないから、俺は余計に……」

「それとこれは関係ないだろう。だいたい、文句や愚痴があるなら俺は本人に言うし、言えないことなら我慢をす――っ」

　揉み合ううちに胸元を掴まれ、シャツのボタンがはじけ飛んだ。

　勢いのまま前がはだけて、露わになった桜の胸元に武田が唇を寄せてくる。

「やめっ！」

「バウバウ！」

か細い悲鳴と同時に、扉の向こうからはイングリッシュマスティフの野太い声が響いた。

「桜さん。どうしまし――、貴様、ここで何をしている！」

扉を開いた八神が、状況を見るや否や武田に掴みかかる。

桜から引き離したときには、殴り飛ばしていた。

「――痛っ！」

シャワー室の奥まで飛ばされた武田を確認することもできずに、桜は感情のままに飛び出した。

乱されたシャツを合わせることさえできない。

「桜さん！」

「……っ。平気ですっ。騒がないでください」

反射的に腕を掴んだ八神にも、思いつくまましか話せなかった。

「しかし」

「お願いですから、見なかったことにしてください！　忘れてください！」

「桜さん！」

どうしてここでまで同じことしか、忘れてとしか言えないのか⁉

それ自体が、更に桜を追い詰めてしまう。

（もう、最悪だ！　どうしてこうなるんだよ！　なんでよりによってまた八神さんに――っ！）

八神の腕を振り解き、桜が闇雲に逃げるも、その先には飛び込み専用の深いプールがあった。

（あ――）

犬の鳴き声、八神と桜の声が響いて、ハビブたちも何事かと席を立つ。

だが、そのときには足を滑らせ、桜は横転するようにしてプールへ落ちた。

ザバン！　と、響いた音に驚き、マリウスが叫ぶ。

「いーちゃん、桜ちゃんを助けて！」

「オン！」

八神の傍にいたイングリッシュマスティフが、あとを追うようにしてプールに飛び込んだ。

しかし、今度はこれに対してハビブが叫ぶ。

「馬鹿、お前泳げな――、あっ――っ！」

派手に転落はしたものの、桜には意識があった。泳げないわけでもない。当然、すぐに体勢を立て直して水面を目指すが、それはあとを追うように落ちてきた巨大な固まりに阻まれた。

（うわっ⁉）

状況が把握できないまま、額と側頭部を蹴りつけられて、桜は完全にパニックに陥った。

「うわっ、犬が桜を巻き込んで溺(おぼ)れてる！」

「誰か早く！」

周囲で悲鳴にも近い声が上がるも、最後は重石のようなイングリッシュマスティフに抱きつかれるまま、プールの底に沈んでいく。

「桜！」

「パパぁっ」

「魁っ！」

男たちが次々に飛び込み、救出に向かうが、桜の意識はすでに途切れていた。

「桜！　桜‼」

7

真っ青な世界。長時間見ていると、強迫観念さえ湧き起こってくるパノラマ。

しかし、桜はどうして雄大なこれらが苦手なのか、自分のことながら不思議に思っていた。

都会の生活に慣れすぎているのか、やはり船上医の言うように陸に安心感が強すぎるのか。

だが、失った意識の果てについた眠りの中で、一つの光景――夢を見た。

（ああ……。そういえば、すごい昔。マリウスより小さかったかな？　北海道のラベンダー畑で迷子になったことがあったっけ。見渡す限り同じ景色で、怖い怖いって泣き叫んでたって親から聞かされたことがある）

真っ青な空と青紫の大地。大喜びでその中に飛び込んだ幼い自分。

しかし桜は、気がつくと一人になっていた。

親も必死に捜したようだが、はぐれた数十分が桜には何時間にも思えたのだろう。

ショックでしゃがみ込んでいたがために、余計に見つけられなかったらしいが――。

（どこまでも広がる空と海が駄目っていうより、同じ景色が続くことに怖さがあったんだな。独りぼっちにされる――、そういう怖さが）

ただ、それでも今日の体験は、桜のトラウマさえ吹き飛ばした気がした。

なにせ、突然目の前が真っ暗になり、額と側頭部に強い衝撃を受けた。その上、重石のような固まりが身体にへばりついてきて、水深五メートルのプールに沈められて意識を失ったのだ。

——もう駄目だ。死んだ。

冗談抜きでそう思った。最後にはそれしか浮かばなかったほどだ。

(でも、今日は平気だ。だって、一人じゃないから)

しかし、それでも桜に心地よい目覚めを導いたのは、夢のような光景だ。

ブラックアウトの先にあったものが、八神からの抱擁であり、口づけ。そして、更にまた抱擁と続いて、ずっと頭を撫でられていたからだ。

これこそ夢のような光景ではなく、夢そのものだとわかっていたが——。

「……ん?」

睫を揺らし、重く閉じていた瞼が自然と開いた。

「気がついた? 苦しいところはない?」

「……八神さ……」

状況がいまいちわからなかった。

桜は広いベッドに寝かされ、傍にはシャツとスラックスを着込んだ八神だけがいた。

窓の外はすでに暗く、時間の経過さえ桜にはよくわからない。

「ここ……は? マリウスたちは?」

「ここはプールに一番近い三号室。マリウスはハビブたちと一号室にいる。思ったよりイングのダメージが大きくてね」

「イング……、いーちゃんが？」

「マリウスが命じたものだから、反射的に君を助けようとしてプールに飛び込んだんだ。けど、泳げなかったみたいで――。そのまま溺れて、逆に君をプールに沈めてしまったんだよ」

静かに、淡々と交わされる話の中で、桜は次第に状況を把握する。

そして、途中で途切れた記憶をも遡る。

突然受けた額と頭部への連打は――、そう考えると溺れた犬の錯乱キック⁉

「――あのときの重石。え⁉　でも、そしたら今、いーちゃんは？　ダメージが大きいって、まさか⁉」

驚いて身体を起こすと、上がけがずれて桜の肩から胸までがむき出しになった。

八神が慌てて上がけを摑んで、その肌を隠す。

「いや、大丈夫。SPたちがすぐに引き上げたし、水も吐いて元気になった。ただ、イングにも任務失敗がわかるみたいで、落ち込んでしまって。それで、マリウスも向こうで慰めていて。ほら、命令したのが自分だから」

「……っ」

桜は二の句が継げず、自分からも上がけを摑んだ。

改めて全身に気を配ると、一糸まとわぬまま寝かされていたことを知る。

「あとは、それと……、ごめん。不本意だろうけど、濡れた服は纏めてクリーニングに出させてもらった。代わりに何か着せようかと思ったんだけど……。私ではタオルケットで巻くのが限界で……。かといって、誰かを呼んで着せてもらうことも躊躇われて。医師失格だ」

こんなときだというのに、八神が私情から他人を遠ざけ、桜を一人で看ていた理由を告白した。

もちろん、命に別状がないことは、彼自身が診て保証をした。

だからこその人払いなのだろうが、起き抜けに聞かされた桜のほうは、動揺が隠せない。

「……髪は」

「私が拭いて乾かした」

今更許されるはずがないトキメキ、鼓動の高鳴りを上がけで押さえて、桜は次の言葉を必死で探した。

（——ああ、だから抱擁されていると錯覚したのか）

愛され、撫でられていると感じて、夢と現実をごっちゃにした。

しかし、それらはすべてマリウスに心配をかけないためかもしれない。もしかしたら、今はともかく、溺れた犬より自分のほうが、死にそうな顔をしていたのかもしれないし——と。

「何から何まで、申し訳ありません。その、部下のことまで含めて……」

結局桜には、これしか言えない。

それほどの醜態（しゅうたい）を彼には晒してしまったのも事実だ。

「謝らないで。私も彼の顔に派手な痣（あざ）を作ってしまった。しばらく接客の場には立てないかもしれない。彼は君が溺れたこともあって、とても動揺して……。とにかく、今は君のことを最優先にしてほしい。自分は自業自得だし、このあとにどんな処分を言い渡されても、覚悟はあるって

言ってくれたんだけど――」

「……そうですか。では、武田のほうは俺に任せていただいてもいいでしょうか」

「私はかまわない。ただ、けっこう騒ぎになったから。一応、オフィサーたちにはフォールやクレイグが事情説明をしたはずだ。トラブルは必要最小限の報告ですませたらしいけど」

桜が横になっていた数時間のうちに、問題は一段落していた。

ハビブ、フォール、クレイグと、それぞれが役割を分担し、的確に動いてくれたようだ。

「わかりました。本当にすみませんでした。ご迷惑ばかりおかけして」

残るは自分自身だけだ。桜は上がけを抱えたままだが、誠心誠意頭を下げた。

しかし、そんな桜に八神がそっと手を伸ばす。額を撫でるようにして触れられると、微かにこぶができているのが桜にもわかった。

「だから、謝らないでって言ってるのに。それに私はもう、全部忘れたよ。桜さん……、君への気持ち以外は」

「――っ」

八神の手が、額から頬へ優しく伝い下りた。

「本当言うと――。ハビブに、一から告白をやり直して、完全にフラれるまでここから出てくるなと言われて、マリウスを連れていかれた。桜はああ見えてイエスノーは、はっきり言う。相手が本気だと思えば、客だのクルーだのって隔たりは一切抜きにして、笑顔で退路も示してくれる。だから、この際綺麗に清算してこい。これでフラれたら一緒に吐くまで酒飲めばいいだろう。俺は今晩確実にやけ酒だから、お前も俺に付き合えばいいだけだって」

——ああ、そういうことか。

桜の脳裏に、ハビブの開き直ったような笑みが浮かぶ。

あの場では話は濁したが、桜は八神が嫌いだとは一言も言っていない。好みを否定もしていなければ、マリウスに話を逸らしたところで、本心は見透かされていただろう。

だからといって、彼もまさかこんな騒ぎの中で八神の、そして桜の背を押すことになるとは思っていなかっただろうが——。

「それに、仮にイエスがもらえなくても、少し考えさせてほしいってだけでも、隕石に当たるぐらいのラッキーだろうって」

「……隕石？」

「ハビブが言うには、高額な宝くじより当たるのが難しい確率例が、これぐらいしか思い浮かばなかったそうだ」

「そんな喩えまでスケールが違うんですね」

こんなときだというのに、ハビブの気遣いを思うと、桜は胸が痛んだ。

きっとそれは八神も同じかもしれない。だが、それ以上にハビブへの感謝があるから、八神がすべてを明かしているのもまた確かだろう。

「——本当だ。ただ、ここで君に告白するなら、その前にもう一つだけ事実を明らかにしないといけないことがある」

「事実？」

「マリウスは、私の子供ではない。遠縁の筋に当たるので、生まれたときから近くで見てきたが、両親はちゃんと別にいる。だから私自身に実子はいないし、まだ結婚もしたことがない」

こんな、思ってもみなかったことまで含めて――。

「えっ？」

桜は自分でも驚くほど、間の抜けた声を漏らしてしまった。

八神もこれに関しては、かなり後ろめたかったようだ。改めて頭を下げてきた。

「やっぱり、そう信じてたよね。乗船時に父子として登録しているんだから、当たり前なんだけど。ただ、今一度当たって砕けるにしても、これらの装備はすべて外して行けと言われて。桜は少なからず、育児で疲労困憊（ひろうこんぱい）しているパパに同情していた部分があるはずだからって」

「……」

桜の表情が硬くなる。一瞬前までのトキメキや複雑な感情さえ、吹き飛んだ気がした。

ハビブの言う「装備」とは違うと思うが、桜が八神とマリウスをセットで認識していたことだけは否めない。

それがいきなり「実は違う」と言われても、これこそ心の整理がすぐにはつかないのだ。

不思議なぐらい、彼が独身のフリーでよかったという類いの感情は起こらない。彼が独身だろうがシングルだろうが、そこは関係なかったということなのだろうが――。

そう考えても、マリウスの存在が大きかったことは確かだ。桜の眉間に皺が寄る。

「本当に申し訳ない。言い訳にしかならないが、こうして誰かを驚かせるために嘘をついたわけじゃないんだ。最近、マリウスの父親が亡くなったばかりで、ちょっとしたお家騒動というか、相続問題が起こってしまって——。それで、母親に頼まれてしばらく私が預かることになった。それを知ったハビブたちが、このクルージングに誘ってくれた。私自身、大人の醜いゴタゴタから子供を引き離すという意識でいるより、思いきり一緒に遊ぶぞという意識のほうが、マリウスのためにもいいだろうって……」

しかし、これに関しては、八神自身も迷い、また悩んでいたのかもしれない。

桜だけではなく、誰一人として二人の親子関係を疑っていない。疑う必要もないので、ありのままのこととして受け入れている。

桜は、その中でいつしか八神に特別な感情が芽生えた。

八神もそれは同じなのだろうが、気持ちのどこかで自分が嘘をついている。騙している気持ちが拭えずにいたのだろう。

「そう考えると、ハビブが一ヶ月ものクルージングを選んだのは、同窓会を兼ねてというよりは、現実を離れるのに一番都合がいいと思ったからなのかもしれない。陸にいるのとは別世界だし、長期対応の船なら遊ぶにも事欠かないだろうって——」

「まさかこの船が、自宅とそう変わらないとは思っていなかったから？」

「そういうことになる」

こうなると、ハビブの印象がますます変わっていく。

傍若無人で金任せ。やりたい放題の一方で、ただただ友情に厚い男の側面が見えてくる。

ある意味、桜が感じた〝いい人〟が、一番彼らしい部分なのかもしれないが――。

「そうですか……。俺は、本当に何も知らずに、ひどい誤解をしてしまったんですね。八神さんにも、ハビブにも」

「それはお互い様だって言っただろう」

「――でも」

「それとも、今の話を聞いて、ハビブへの気持ちが変わった？　友人としてではなく、先を見据えた相手として、一度ぐらいは酒でも酌み交わしたくなった？　それなら私はここを去り、彼を呼んでくるよ」

しかし、すべてを明かした八神には、桜の反省ぶりが一つの答えと取れるらしい。

スッとベッドから立ち上がる。

「え？」

「私にとっても、彼はかけがえのない友人だ。ここまで背中を押してくれた。次は私が押す番だ。きっと彼もまた、今私の中で起こっている嫉妬を乗り越えてくれたのだと思うから」

「ちょっ、待ってください！」

向けられた背中に対して、考えるより先に手が伸びた。

桜は思いきり身体を捻って、八神の腕を両手で捕らえる。

「俺の、ハビブへの気持ちは変わりません。むしろ、なんていい人だろうっていう気持ちだけが膨れ上がっています。マイペースでまっすぐで破天荒で。そして仲間思いで、とても優しくて。きっと、彼は俺にも隕石に当たるほどのチャンスをくれたのかなって。ただ……」

今だけは、上がけがはだけたことも気にならなかった。

「ただ？　やはり、マリウス抜きの私にはなんの感情も湧かない？」

「そういうことはありません。正直言って、マリウスの傍にいるあなたというか、パパをしていたあなたと、どうにかなりたいと考えたことはありません。それは職務意識もありましたし、そもそもクルーはお客様とは恋愛禁止ですから……。無意識のうちにそういった感情は起こさないようにしていたと思います」

「桜……」

八神は目のやり場に困ったようだが、桜は掴んだ腕を放さなかった。

同じ後悔だけはしたくない。この衝動に理由があるなら、ただそれだけだ。

「でも、いつの間にか俺はあなたに惹かれていた。あなたからのキスと告白がきっかけで、意識も変わった。自分から忘れてくれと言ったのに、忘れられなくなって……。忘れると言われたことを思い出すたびに、泣きたくなって。なんていうか、もともと恋愛感情に鈍いというか、疎くて。結局、切なくなったり苦しくなってからでないと気付かないというか。身体の中から火照るような感覚が起こって……、ようやく、この好きがただの好感じゃない。恋愛だと気付くことばかりで。それなのに、八神さんを傷つけて——。自分に、誰かを好きになる資格なんて、最初からなかったんじゃないかと思えてしまって」

自分で自分がよくわからない。

そんな気持ちまで含めて、桜はすべてを伝えた。

「それを言われてしまうと、あのとき衝動が抑えきれずに行動に出た私も、似たり寄ったりになるんだが」

八神がゆっくりと身体を戻して、ベッドに座り直した。

だが、先ほどとは明らかに腰をかける深さが違った。

グッと、桜と距離を縮めて、改めて頬に手を伸ばす。

これだけで桜の身体がビクリと震える。

彼の掌の感触が、あまりに自分のものとは違っていて――。

「出会って二週間やそこらで、綺麗な人だ。素敵な人だ。よく気がつくし、マリウスにも優しい。しかも、この徹底した仕事ぶりは尊敬するなって感じていたのが、急にどこかで〝それだけではない熱〟を感じるようになった。それが、毎日どこかで部下のフォローをしている君を見ていたときなのか、いつになく嬉しそうに電話をしているのを見たときなのか、ハビブがいきなり〝俺は桜が好きだ〟と言ったのを聞いたときなのかは、判断がつかない」

ブルーグレイの瞳が、戸惑う桜の姿を映す。

しかし、その瞳に映った自分は、以前見たものとは明らかに違う。

戸惑いの中にも照れがある。未知なる期待や好奇心、そしてほんの少しの不安も――。

「ただ、これだけはわかる。いつでもどこでも〝桜ちゃん大好き〟って言えるマリウスが、日を追うごとに羨ましくなってきた。私の知らないところで番号交換までしていたんだと知ったときには……、もう。おねしょのシーツを剝ぎ取りながら、行き場のない嫉妬をぶつけていたかもしれない。君が、怒らないであげてくださいって言うものだから、余計に――」

美丈夫な八神の掌は、桜のそれより長くてしなやかで骨太に感じた。

等身はスラリとしているが、手首も肩も鎖骨もしっかりとしており、そのまま抱きしめられると一瞬息が止まる。

「……八神さん」

「私は、君が好きだ。君にも好きになってほしいし、愛してほしい」

何も羽織っていない桜の肌に、シャツ一枚を通して伝わる彼の体温は刺激が強すぎた。

「許されるならこの部屋から、このベッドから、今夜は君を出したくない――。君は？」

緩やかな抱擁が次第に強くなる。

桜の背に回った両腕の片方が肩甲骨を辿って肩を摑み、もう片方が背骨を辿って腰を探る。

「……俺も。俺もあなたが……好き」

「桜」

ゾクゾクと背筋が震えて、桜は告白と喘ぎ声が混じりそうになった。

しかし、それは二度目のキスで塞がれる。

「んっ……、んっ」

柔らかくて形のよいそれが、桜の喘ぎ声はおろか、微かな吐息さえ塞いでしまう。

やはり、ここでも嫌悪は感じなかった。むしろ、身体の奥底からざわめき立つ欲情に、心地よい疼き（うず）さえ覚える。

（なんだか――、身も心もフワフワする）

「……桜」

合わされた唇を貪りながら、八神が上体を押してきた。

上質なベッドが、桜の身体を包み込むようにして受け止める。

半端にかかっていた上がけを剝ぎながら、入れ違うように八神が覆い被さってきた。

（でも、今になって、解雇覚悟でお客様と恋をするクルーもいるんだと言われた言葉が重い）

タオルケット一枚を巻くだけで精一杯だったと言った八神の手は、その躊躇いや恥ずかしさを忘れたように、桜の裸体を弄（まさぐ）ってくる。

頰から首筋、鎖骨から胸元、そして欲情し始めて硬くなる小さな突起を――。

「……ここ、とても綺麗だ。まるで……桜色……っ」

海上生活だからこそ塗っていた日焼け止めで白く保たれた肌に尖るそれを、八神が愛おしそうに口づけた。

「ん……っ」

桜は息を吞むようにして、送り込まれる刺激に耐える。

乳首を唇に含まれ、舌先で転がされる感覚は、どれ一つとして覚えのないものばかりだ。

唾液を絡められて時折吸われ、一点から全身へ広がる刺激が、巡りに巡って下肢へ向かう。

無意識のうちに、桜のつま先がシーツを蹴る。

(明日の朝には……辞表だな。明後日には横浜へ着くけど、これは一人のクルーとしてのけじめだ。ここで自分を制することができない——。これは、自身への罰だっ……)

こんなときにどこへ向けていいのかわからず、桜は待て余していた両手を八神の肩にそっとかけた。それが嬉しかったのか、いっそう愛撫が激しくなった。

その一方で、八神の利き手が次第に桜の下腹部へ伸びていく。鼠蹊部までもが焦れてくる。

(でも、この罪と罰が彼への熱量——。恋愛の証のような気がする)

「……んっ」

そろりと包み込むように、八神の長い指が桜自身へ絡み始めた。

(嘘っ)

薬指から中指が、そして人差し指が巻きつき、最後に小指と親指が絡まった。

それが伝わってきたことに桜は震えた。

無意識のうちに身体が捩れて、片膝が立ったり伸びたりしてしまう。

(——なんで、こんなにヤバい……んだ、あんっ)

ゆるゆると擦り上げられ、きゅっと握り込まれた。瞬間、桜の全身が緩く反り返る。

続けざまに漏らしてしまいそうな喘ぎ声を消したくて、桜はいっそう強く八神にしがみついた。

頑丈な肩から鎖骨に顔を埋めて、細々した呼吸を繰り返すだけだ。

(も……、どうしたらいい……)

すると、八神が桜自身を揉みしだきながら、そっと耳打ちをしてきた。

「君を失望させたくないので、もう一つだけ打ち明けてもいいかな?」

「失望?」

「マリウスが生まれてから、子守に奔走していて、ここ何年もしていない。男性も君が初めてだ。自分で自分の欲求がコントロールできる自信もない。だから……、優しくできなかったら、ごめん。きつかったら教えてほしい。文句を言ってもかまわない」

桜からすれば、十分労ってもらっているのに、八神はこれでも戸惑っているらしい。こんなに優しく心地よい愛撫など、自分でもしたことがないのに――。

「なら、俺も……先に」

ただ、八神がそう言うならと、桜もぼそりと打ち明けた。

「ん?」

「俺には、なんの経験もないから、優しいもきついもわからない。文句の基準もない。だから、今こそ全部忘れて。ここからの記憶だけにしてほしい。……そうでないと、俺のほうがあなたを失望させると思うから……」

「――」

一瞬、八神が目を見開いた。言葉はないが、そうとう驚いているのがわかる。

「呆れた……?」

自分も同性の経験はないから――ぐらいで、やめておけばよかっただろうか?

口にしてから気づいても遅いが、桜は気まずくなって身を引いた。

だが、八神はそれを許さなかった。逃すまいと言わんばかりに桜の身体を抱きしめ直す。

「いや。ごめん……。なんというか、これが隕石に当たるくらいの確率というか、衝撃なんだろうなと思って」

いきなり顎から首筋あたりを甘噛みされて、桜の唇から甘い声が漏れる。

「これまで君に出会ってきた、すべての人間が信じられない。なんて理性的なんだ。私にはとてもではないが、真似できない――」

そうかと思えば身体を徐々にずらした彼の唇が、触れる舌が、胸から腹部を辿って、桜自身を捕らえた。

「あっ……っ！」

膨らみきった欲望にキスをされて、口内へ導かれる。

驚きから腰が引けて片膝が浮くも、八神はそれさえよしとし、浮いた足を自分の二の腕にかけた。桜は足を閉じることさえできなくなり、湧き起こる羞恥心から鼠蹊部に力が入る。

「そんなに緊張しないで……。私は桜を愛したいだけだから」

八神の言葉に嘘や躊躇いはない。

今も彼は桜自身に舌を這わせ、陰部の一つ一つを確かめるかのように指を這わせていく。

先端から根元まで丹念に愛され続けて、桜自身にも限界が見えてきた。

「でも……っ」

「よくないならそう言って。けど、いいと思えるなら、身体で示して。言葉で……伝えて」

それでも、桜の気持ちのどこかには、まだ遠慮があった。

感じるままに乱れた姿を晒すのが恥ずかしい。そんな理性も、わずかながらに残っている。

「桜……。ほら、もう……。私を焦らさないで」

しかし、それを打ち砕くように、八神が唾液を絡めて音を立ててきた。

淫靡に響くそれが、彼の巧みな唇淫と絡まり、桜の姿態を色声と共に捩らせる。

「あんっ……、も……っ、やっ！」

全身が火照り、痺れるような快感が桜を心身から絶頂へ導いた。

自制など叶うはずもなく、桜は八神の口内に白濁を撒く。

「——綺麗だ、桜」

喉を鳴らした八神から、満足げな声がした。無意識に逸らした顔を彼に向けると、そこには食い入るように桜を見つめる妖艶な瞳が輝いている。

(っ、八神さん)

——喰われる。

桜は本能で直感した。

だが、それと同じぐらいに、自分も喰われたい、喰ってしまいたいという衝動が起こる。

「……俺も……、俺のことも、焦らさないで」

脱力したはずの両腕が、八神へ伸びた。

「あなたが壊れる姿が見たい。本当に、いってしまう姿が見たい」

身体を前へずらした八神の首に両手を絡めて、そのこめかみにキスをする。

桜の柔らかな唇が八神の頬に、そして唇に移動し、なめ合うように舌を絡めた。

先ほどとは少し違う、苦み走ったキスだ。

しかし、それが桜の欲情を高め、更には八神の欲望をも限界まで高めた。

「桜」

一瞬たりとも放したくない。

そんな気持ちを眼差しに込めて、八神が一度上体を起こした。

ボタン一つ外すのさえ煩わしい、面倒だと言わんばかりに、羽織っていたシャツをベッド下へ投げ捨てる。プールサイドでは直視できなかった肉体美が桜の目の前に現れる。

「八神さ……」

「――きつかったら言って」

八神がズボンの前を寛げた。

改めて桜の身体に覆い被さり、口づける。

「んっ」

唇を貪る八神の利き手が、滑りを残す桜の陰部へ潜り込んできた。

達したばかりの桜自身をひと撫でしてから、その奥に潜む密部を探り込んでいく。

「……あ」

彼の指先が的確に入り口を突き止め、円を描くように撫でてきた。

それだけでも吐息が漏れるというのに、次第に中へねじり込まれていく。

八神の指が、桜本人さえ知らない身体の一部を、じわりじわりと開発していく。

「ぁっ……っ」

挿入された指の蠢(うごめ)きは、桜にとっては例えようのない異物感だった。

だが、今も絡み合う彼の舌と指の連動が、不思議な安堵感を与えてくれる。

(……二本に増えた?)

中を探る指が増えた途端に、圧迫感が倍になる。

しかし、桜が求めているのは、更なる大きな圧迫だ。八神自身だ。

それが伝わっているのか、八神は唇を離すと同時に桜の中からも指を引き抜いた。

「いや、やっぱり少しだけ我慢して。きついと言われても、止められる自信がないから」

代わりにはち切れそうなほど憤った自身で、桜の密部を探り込んでくる。

先端が触れたと感じたときには、一気に中ほどまで攻められた。

「桜」

声にならない悲鳴が上がると同時に、桜は更に奥まで貫かれた。

(――っ‼)

肉壁を裂かれるような激痛が走るが、それと同時に二人の身体が嘘のようにピタリと合わされた。無意識に身体が彼を追い出そうとしたが、それは八神に抱きしめられて、阻まれる。

（こんなに、重なるものなのか……）

桜自身は八神を拒むつもりがないので、一呼吸した。

すると、自分の中でいっそう彼の存在が確認できた。

初めて覚えた不思議な感覚だった。奇妙な達成感と満足感も入り交じっている。

「……桜……」

ふと、八神が愛おしげに名前を呼んだ。

ああは言っても、動くに動けずにいたらしい。そんな姿がまた愛おしい。

桜は、自ら彼を抱きしめて、「平気」と呟く。

「……焦らさないでって、言ったでしょう。俺も、あなたがいくのが見たい」

呼吸をするようにキスをする。

「壊れて――」

心のままに彼を欲して、今だけは本能に従う。

「桜……」

八神が桜の髪を撫でて微笑むと、それを合図にするかのように、ゆるりと腰を動かし始める。

「……っ」

自身の中を行き来する彼の動きが吐息に、そして鼓動のリズムに繋がり、桜は小刻みに喘ぎ声を漏らした。

「あっ……。あっ……」

次第に激しくなる八神の動きに釣られて声が上がり、彼の背にしがみつく手にも力が入る。

「桜……っ。桜」

無我夢中で彼を受け止め、いつしか奥歯を噛みしめる。

二人の身体中が更に熱を発して、八神が達する瞬間を、その悦びを分かち合う。

微かなうめきと同時に、桜の中で熱い飛沫が広がった。奥の奥まで突かれた果てに感じたそれは、桜を今一度絶頂に向かわせ、色めき立った声を漏らさせる。

「――くっ」

（八神さ……ん）

彼にしがみついて達した快感に、桜は自分のほうが〝壊れた〟と感じた。

（こんなの……、覚えたら駄目だろう……）

幸せすぎて、気持ちよすぎて、何もかもが彼でいっぱいで。

世の中にこんな至福なひとときがあったのかと、生まれて初めて知ったから――。

＊＊＊

ジリジリと高まり続けた熱にほだされ、理性を飛ばした一夜が明けた。

地下二階にある自室の小窓とは違い、客室最上階の大きな窓から差し込む日差しは、薄曇りながらも日の出のスケールそのものが違って見える。

だが、それより何より桜にとって新世界が開けたと感じたのは、起き抜けに自分を抱いて横たわる男の寝顔を見たことだろうか。

犬の代わりに枕にされたときより、近くて温かくて優しいひとときだ。恋人という名の存在を初めて得た幸福感に酔いしれそうになる。

(多分……だけど。俺も八神さんも固いっちゃ固いほうだから、いったん箍(たが)が外れるとかえって収拾がつかなくなるのかもな――。でも、寝落ちするまで絡むぐらいだったら、経験がないとか言わなきゃよかった。どれだけ淫乱なんだよ、俺……)

それでも桜にとって、当船での最後の休日は明けた。

文字どおり重い腰を上げて、シャワーを浴びる。

衣類はすべて、明け方にはクリーニングずみで部屋のノブにかけられていた。それを八神に取ってもらい、まずは着替えて髪を乾かす。

支度がすんだら時間を見つつ、あとは自室に戻って黒服に着替え直しだ。

(今日が早出じゃなくて助かった。これでモーニングからだったら、さすがにこの余裕はなかっただろうな)

リビングの壁にかかった時計を見ながら、ホッと一息ついた。

七時を回ったところだ。今日は十時入りなので、かなり余裕がある。

とはいえ、マリウスやハビブたちのことも気にかかる。

桜は、そろそろ彼らも朝食の時間だろうと考えると、長居はできないな――と考えていた。

「桜。本当に仕事に出るの？　平気なの？」

ラフな私服に着替えた八神が、桜にコーヒーを淹れてきた。

シンプルな白いマグカップを手に歩く姿、差し出してくる姿さえ様になる。

「いつもどおりとはいかないかもしれないですけど、一応出勤します。休みで羽目を外して、翌日欠勤では、他のスタッフに示しがつかないので」

「――桜らしいね」

桜が両手でマグカップを受け取ると、八神がリビングの窓際へ導いた。

船体の後方に作られたプライベートプールに最も近いこの部屋では、左右後方の三面が一望できる。甲板の先に立つのとはまた違うが、朝日が昇り始めた海を見ながら、恋人に寄り添われて飲むコーヒーは、なんと贅沢なことだろう。

気つけ代わりのそれはブラックコーヒーだというのに、まるで苦みを感じない。

「こうしていると、タイタニックの映画みたいだ」

「それは縁起が悪いですよ。喩え話としても船上では禁句です」

「――そうだな。これは失言だった」

「八神さんってば」

こんな他愛もない話さえ、桜にとってはバニラのようだ。甘ったるくて笑ってしまう。

「ねぇ、桜。できたら魁と呼んでくれないか？　ファンでもいい」

だが、そんな桜に、八神は急に声のトーンを落とした。

「魁？　ファン？」

「そう。八神魁は日本名での通り名で、母国へ戻るとカイ・ファン・デルデンがフルネームになる。ファンはミドルネームだ」

母方が日本人だという話は、すでに耳にしていたことだった。

彼らが難なく日本語で話しているので忘れそうになるが、全員日本国籍の者ではない。

八神とマリウスにいたっては、確か桜がすぐにはピンとこないような国名だった。

仕事柄乗客の名前と顔は覚えても、プライベートに踏み込むようなデータを見ることはないから、この瞬間まで気にもしていなかったのだが――。

「なら、横浜に着いたあとは、母国へ帰るんですか？」

「いずれはマリウスを送っていくからね。でも、そこは――、改めて話をしたい。きちんと相談したい。君自身がいつまで船で世界を周るのかもわからないし……。駄目かな？」

（場合によっては、彼について行くことになるんだろうか？）

桜の脳裏に、ふとよぎった。

（いや、さすがに昨日の今日でそういう話にはならないか。その場限りのリゾートラブとは違うって信じたいけど――。好きだと言って、抱き合って、ようやく今ココって感じだしな）

しかし、これは考えすぎだと、桜も自分を落ち着かせた。八神も「相談したい」と言っているのだから、今後のことは横浜に着いてからでも十分だろうと。

「駄目じゃないですよ。ちゃんと話し合えるなら」

「よかった」

桜の返事に、八神が安堵したのが窺える。

「桜……」

ただの立ち話ではすませたくないのか、名前を呼ぶと同時にこめかみに口づける。

「——魁」

桜はそのキスに応えるように、彼の名を呼んでみた。

しかし、そんな二人の視界に突如として閃光(せんこう)が飛び込んだ。

「え!? 雷? 今、何か光りましたよね?」

「違う。こっちに向かって——いや、落ちてくる!」

急速に近づき、次第に広がる光の固まりに、八神は「伏せろ、桜!」と叫ぶと同時に、その肩を摑んで窓際からリビングの中央へダイブした。

桜の身体が浮いたと同時に、船内に緊急警報が響き渡る。

(何!?)

ズドン——という爆音と共に、船体に衝撃が走った。

リビングの強化硝子(がらす)が砕け散ることはなかったが、それでもヒビが入り窓全体が真っ白になっている。

「何が起こっ——っ!?」

八神も桜も状況がまるで理解できないうちに、船体が後方に傾くのを感じた。

床に伏せた自分たちはおろか、家具やベッドがジリジリと後方へズレ始める。

するると、どこからともなく怒号とも悲鳴とも取れる声が上がり始めた中で、

〝緊急指令、全乗組員に告ぐ。船尾に謎の物体が落下。直撃により損傷、現在浸水中。各自、全乗客を前方部へ、一階デッキ救命ボートまで誘導を開始せよ。繰り返す――〟

響き渡るアナウンスを耳にし、八神と桜が支え合って身を起こす。

「謎の物体……、マリウス王子！」

「っ⁉」

八神が叫ぶと同時に、出入り口へ向かった。

衝動的にマリウスの安否確認を求めたのだろうが、扉が開かない。

思わず扉を叩いた八神の手を取り、桜が叫ぶ。

「待って！　今の衝撃で、鍵や扉が歪んだのかもしれない」

「デルデン閣下！　ご無事ですか、デルデン閣下！」

「バウバウ！　バウ！」

同時に扉の向こうから、ＳＰとイングリッシュマスティフの声が聞こえた。

八神が廊下に向かって叫ぶ。

「いまの衝撃で扉が開かない！」

「承知しました。壊しますので離れていてください」

見ているこことしかできない桜の腕を引き寄せ、八神が扉から距離を取る。

バス！　バス！　と、消音銃と思われるその音が響いて、ドアノブと蝶番が次々と撃ち壊された。桜が声が出せないまま目を見開く中、外からの体当たりで扉が外された。

「バウ！」

「デルデン閣下！　桜様、ご無事で」

現れたのはイングリッシュマスティフとＳＰ三人。

「マリウス王子は？」

「ご無事です。現在、ハビブ様たち共々、全員一号室に集まっておりますので、まずはこちらへご避難ください」

「桜、君も来て」

「っ――、っ！」

男たちは、誰もが必要最低限の会話だけで行動した。

始めは彼らの言動に呆然としていた桜だが、普段より長く感じる廊下を移動する間に、思考がクリアになってくる。

三号室から一号室へ着いたときには、自身がなすべきことも明確になっていた。

「ハビブ様！」

「お連れしました。閣下も桜様もご無事です」

「パパっ！　桜ちゃんっ！」

姿を見るなりクレイグに抱かれていたマリウスが飛び降り、二人のもとへ寄ってきた。

桜は八神と共に膝を折り、マリウスを受け止めながら、室内の状況を見回して確認していく。

ＳＰの説明どおり、客室最上階の乗客はペットを含めて全員がこの場に揃っている。

しかも、すでに救命胴衣を着用していた。この対応の早さは誰の誘導であっても、桜は感謝しか起こらない。

部屋自体は後方部から一番離れている最前部だけに、落下物の衝撃も三号室ほどではなかったようだ。傾いた床や家具の様子は同様だが、リビングに二十メートルは続く強化硝子に入ったヒビは、総じて少ない。

「無事でよかった」

「へーき？　へーき？　痛くない？」

ベソベソと泣きながら、マリウスが桜の頬を撫でてくれた。八神が抱えてくれて、咄嗟に身を伏せたとはいえ、かなりの勢いでダイブした。二人の頬には、床で擦れた痕が残っている。

「大丈夫だよ。さ、マリウス。これからもっと安全なところへ避難しようね」

「桜ちゃん」

桜はニコリと笑うと、マリウスを強く抱いた。小さな背中をポンと撫でつけてから、その手を離して立ち上がる。

「みなさん！　これから避難誘導をします。この一号室は船体前方ですので、いきなり危機に陥ることはありません。まずは落ち着いて、非常階段から一階デッキへ移動してください。ＳＰの方々にも役割はあるかと思いますが、今だけは私の誘導に従いながらでお願いいたします。さ、行きましょう」

ＶＩＰフロアとはいえ、避難経路は各階と変わらない。

部屋を出てすぐにあるエレベーター脇の非常階段で、まずは四階から一階へ移動する。

（すでに船内に浸水しているって、後方部の地下何階までだろう？　せめて地下二階、クルー専用フロアぐらいで時間が稼げればいいけど、一階船尾まで沈むのにどれだけ持つんだ？　全員救命ボートに移るまで船は持ってくれるのか⁉）

上の階からも、下の階からも悲鳴が聞こえる。

こんなときに限って、桜には携帯電話も何もない。

繰り返される緊急指令の放送だけを頼りに、二十五名と四匹を一階デッキへ導いていく。

（それにしても、やけに人が少な……あ。朝食時間だ。大半はレストランに集まっているってことか。――こうなると、ハビブたちの一団体でワンフロア貸しきりは幸運だ。本来なら家族連れが一番多いフロアだし、通常ならこの五倍から七倍いる人数をこんなにすんなりとは動かせない。それより何より大人全員が落ち着いている。マリウスにしても、八神さんが抱いているから泣き叫んだりもしないし、本当に助かる）

移動の最中も上下階から乗客やクルーたちが合流してきたが、比較的にスムーズに一階まで下りきれた。

（――うわっ！）

それでも一階デッキへ出たときの衝撃は、声にならない。

薄曇りだった空には雷が光り始めていた。

ツアーの乗客約千三百人が避難誘導のクルーと共に、いっせいに詰めかけている。

特に客が集中していたと思われるメインのダイニングレストランは、地下一階フロアだ。

浸水が始まったと聞けば、その場の客たちが真っ先にパニックに陥るだろう。今一番混乱しているのは桜が担当する持ち場だ。

この上、雨にでも降られたら――⁉

（とにかくマリウスたちを誰かに預けなきゃ！）

「チーフ！　桜チーフ！」

桜があたりを見回したと同時に、武田や同僚たちが駆けつけた。

中にはこの場で乗客の確認を行っていた正社員たちもいる。

「いいところへ！　四階フロアのお客様は、こちらですべてです。全員、救命ボートへの誘導をお願いします。私はこのままダイニングの応援に向かいます」

「わかりました。お気をつけて！　桜チーフ」

社員を捕まえ、まずはマリウスたちの避難を任せた。

すでにいくつかの救命ボートが海上に避難を始めている。今なら順番を待ったとしても、ボートに乗り込むまでさほどの時間はかからない。

だが、身を翻した桜が次の行動に移ろうとしたときだった。

「待て、桜っ！」

叫ぶと同時に、ハビブが腕を摑んできた。

「誘導に従ってください！　俺はクルーです」

「ハビブ！　今は従え。彼が混乱するだけだ」

「お前は彼と離れて平気なのか、魁！」

「そういうことじゃない」

「大丈夫ですから！　魁のように俺を信じてください」

「──っ」

桜は自らハビブの腕を外した。

「避難用ボートも救命具も乗客乗務員全員分が揃っています。あなた方がフロアを貸しきってくれたので余裕があるぐらいです。すでにブリッジで救援の手配もしているはずですし、一番怖いのは多くの人々が混乱することです」

「桜……」

「これでも基本的な訓練は受けてます。ちゃんと泳げますし、ハビブはマリウスとイングたちの心配をしてあげてください。それでは、またあとで会いましょう」

まくし立てるような言い方になってしまったが、桜は笑顔で彼らから離れた。

ハビブも最後は力強く頷き、八神たちと共に見送ってくれた。

「桜チーフ！」

「武田。メインダイニングはどうなってる！」

桜は武田たちと合流し、持ち場の確認に急いだ。

押し寄せる人波が、デッキを逆走する桜たちを、思うように進ませてくれない。

「現在、スタッフ総出で乗客を誘導中です。しかし、どうしても前方階段に人が集中してしまい、逆に流れが悪くなってしまって」

「それで、実際船の状況は？　何か聞いてるか？」

「放送された以上のことは、ブリッジでないとわかりません。ただ、落下物での損傷と言っていたので、状況的に考えられるとしたら隕石じゃないかと」

「隕石？　そこまで大きなものは見てないぞ。それこそスッと光が向かってきただけで……。デッキにも落ちてないし、直撃と言っても船底に近い、水面下部分だと思うが……」

思いがけない単語を聞かされた桜は、こんなときになんの冗談かと思う。

しかし、先陣を切って人波をかき分ける武田の表情は真剣そのものだ。

「地上にできるクレーターは、落下天体物の直径の二十倍と言われてるんです。なので、桜チーフが言うように、船尾海面下への直撃だとしても、直径一メートルもないような隕石で十分この状況になります。しかも、落下物自体の質や角度、速度によっても被害の状況は変わりますから、俺はこれでもラッキーだと思います。少なくとも船体の中央からぶち込まれていたら、五階四階のあとは吹き抜けのメインダイニングです。船底まで一撃で突き抜けます」

言われてみればもっともだった。船尾からメインダイニングの吹き抜け部分までの距離は、せいぜい六、七十メートル。一歩違えば船体中央部へ直撃だ。

「そんな……。高額宝くじより当たらないって聞いたのに、命中なんてあるのか」

「もちろん、隕石は俺の仮説ですよ。ただ、桜チーフの言う確率は一個人、単体で当たる場合の確率であって、局地的に捕らえると、隕石以外にも小惑星や彗星の衝突等で人が死亡する確率は、約百六十万分の一程度らしいと何かで読んだので、意外と侮れないんです。サメに襲われる確率のほうが八百万分の一程度ですから、それより当たりやすいってことです」

そうこうしている間にも、暗雲の空には稲光が広がり、雨が降りはじめた。

——最悪だ！

頬に当たった雨粒が、桜に奥歯を噛ませる。

「ってことは、隕石のあとには、サメに襲われることまで考慮しないといけないってことか」

「さすがに救助が来るでしょう。すでにブリッジからSOSは出ているはずですし」

「来られるかどうかの判断は、こっちじゃできないけどな」

「……あ」

一瞬青ざめ、目を細めた桜に、武田の顔も引き攣った。

海難事故の恐ろしさは海だけではなく、気象を含めた自然そのものにあるからだ。

(こうなると、船がどうこうだけでなく、天候にも左右される。急がなきゃ！)

桜たちは奥歯を噛みしめながら、メインダイニングへ向かった。

そして——。

「桜チーフ！」

逃げ惑う乗客たちを必死で誘導するスタッフの一人が声を上げた。

思った以上に家具や食器の散乱がひどい。

スムーズに人が流れない理由には、この足場の悪さもあるようだ。

「遅れてすまない。とにかく、ここまで浸水しているわけじゃない。乗客の一部を後方階段から一階デッキへ誘導しよう」

「でも……」

「ここで行き詰まっていたら、かえって危ない。——みなさん！　落ち着いてください!!」

「桜チーフ」

桜は声を上げると同時に、まずは前方階段に並ぶ最後尾の者たちに声をかけていった。

特に顔に覚えのある客を中心に説得を試みる。

「さ、ここで待つより、後方の階段から上がるほうが早いです。まずは一階デッキに上がって、救命ボートへの乗り込みを待ってください」

「しかし！　どんどん後ろへ傾いてきてるんだぞ」

「だからこそです！　私が誘導しますので」

「あなた！　こんなときよ、桜さんを信じましょう!!」

「——っ」

一人、二人が動き出せば、周りの者も動き出す。

「武田、そのあたりで人を区切れ。そこからこちらのみなさんは、私についてきてください！

一階デッキへ誘導します」

桜はとにかくメインダイニングを空にすることに心血を注いだ。

このまま雨が強くなれば、沈没までの時間が早くなる。加速することはあっても、決して減速することはない。

「桜チーフ！　メインダイニングの乗客はすべて一階デッキへの移動が完了しました」

「よし、武田。俺たちも一階へ。次は救命ボートへ。急いで！」

「はい」

（どうか、これ以上は降らずにいてくれ！　風も吹くな、波も立つな！　頼む！）

しかし、桜の祈りも虚しく、船内で上がる悲鳴とともに、更に船が傾いた。

桜たちが再び一階デッキへ出たときには、船尾から飲まれて、傾く角度がジリジリと増してくる。もはや手すりなしに立っていることさえ、難しい。

追い打ちをかけるように雨が強くなりだした。

「救命ボートへ、急げ！」

それでもすでに大半の救命ボートが船から離れていた。各ボートには乗員数日分の飲食が積載ずみだが、一秒でも早く他の船に救助されるに越したことはない。

だが、これ以上天候が崩れれば、その救助船自体が活発には動けなくなる。

（残るはクルーだけだ！）

桜は迷う暇もなく、次の行動に移る。

「桜チーフも乗ってください！」

「俺はあとでいい。今は先に行け」

「しかし」

「いいから早く！　振り返るな、武田！」

時と共に焦りが増している部下たちに声をかけ、救命ボートへ誘導していく。

するとと、船内の状況確認に回っていた織田や徳川と、今日初めてかち合った。

「桜！　桜くん‼」

「キャプテン。マネージャー！」

「ここまでご苦労。すでに乗客すべてがボートに移った。次は契約の者から順に避難だ。君も今すぐボートに乗りたまえ」

船の揺れによろめく中、肩を叩かれる。

「俺はチーフです。末端とはいえ管理者の一人です。部下を見届けてからでかまいません。こんなときに限って、変な気を遣わないでください！」

「キャプテン命令は絶対だ。船内を見届けるのは社員の仕事であり、最後は我々オフィサーたちの仕事だ」

「しかし！」

桜は驚いてその手を振り払うが、今度は徳川からポンと腕を叩かれた。

その背後からは、豊臣も駆けつけていた。

「だから、言っただろう。おかしなトラブルに命はかけられないが、船にはかけられると」

「徳川マネージャー⁉」

「なあ、桜くん。この船は我々の城であり家族なんだよ。悪いが君とは年季が違うんだ」

「豊臣……ディレクター」

更に傾く船体で微笑む彼らは、自身の足だけで立っていた。

桜のように、自身を支える手すりさえ必要としていない。

「安心したまえ。これしきの事故で、城を枕に討ち死にする気はない。ただ、こういった場合に最後まで船内の確認をするのが我々の仕事であり、また最後に船から下りるのが私の仕事だ。いいや、誇りだ。心配は嬉しいが邪魔はしてくれるな」

「――っ」

雷ほどの衝撃が、今一度桜を襲った。

状況は悪くなる一方だというのに、桜はここまでだと下船を命じられる。

――こんなときだけ、派遣扱いか！

そういう意味ではないことぐらいわかっているが、今になって最後まで一緒にいることが許されない自分が腹立たしい。心底から悔しい。そんな思いが堰を切ったように涙となって溢れ出た。

「わかったら早くボートへ。むしろ、契約組は君が率先してボートに乗せてくれ」

「そうだよ。君が下りなければ下りないと駄々をこねられても我々が困る」

「さ、桜くん。君は君に課せられた最後の仕事をしてくれ。我らが頼れるオフィサーの一人として。ファーストプリンセス号、最後のクルーの一人として」

だが、ここで彼らの足手まといにはなれない。

極限までくれば、彼らと自分の違いがわかる。

「——はい」

桜は力強く頷くと、自ら救命ボートへ向かった。

手すりに摑まり、足腰に力を入れ、雨が吹きつける傾斜面を移動し続ける。

(最後のクルー。この船、本当に沈むんだ……、えっ⁉)

だが、救命ボートの傍まで来ると、人波を避けるようにして立つ八神の姿があった。

当然、マリウスやハビブたちの姿はない。

「魁……？」

「ハビブたちには申し訳ないが、初めからこうするつもりだった」

八神が差し出した手に、桜が冷えた利き手を伸ばす。

「マリウスは⁉」

「私の主として、必ず桜と一緒に脱出しろと命じてくれたよ。さ、行こう」

しっかりと握りしめられた手から覚えた安心感と同時に、ここまで抑えてきた恐怖心を実感する。

「はいっ！」

一年を共に過ごした顔馴染みの社員たちに誘導されて、桜は八神と救命ボートに移った。

（――俺はサービスマンかもしれないが、船乗りではない。本当の意味で、海で生きてきた人間ではないんだな）

船からは織田が口にしたように、歴の浅いクルーから下りていく。

その様子を見守り続けるのは、オフィサーと呼ばれる管理者たちであり、そして最後はキャプテンだ。

織田はボートに乗り込むまで毅然とした態度で、また自身の足だけで立ち続けていた。

乗客乗務員が船から下りて、すべて救命ボートへ移った。

あとは、沈みゆく船に巻き込まれないよう、距離を取るだけだ。

「――船が！　船が沈む‼」

誰かが叫ぶと、周囲からはすすり泣く声、そして号泣が響いた。

突然襲ってきた落下物の衝撃から、どれほどの時が経ったのかさえ、わからない。

しかし、自然との戦いはまだ終わっていない。

全員が無事に救助され、陸へ上がるまでは一瞬たりとも気は抜けない。

「魁っ！」

「桜ちゃーんっ！」

（え⁉）

だが、思いがけず耳に届いた声に、桜と八神があたりを見回した。

「――ハビブ？　マリウス！」

先に救命ボートへ乗ったハビブたちが、桜の乗ったそれに近づいてくる。

ＳＰの中に航海経験者がいたのかと思うほど、完璧な操作だ。二十四人と四匹は、他の乗客たちに交じって二つのボートに別れるも、しっかりロープで繋がり離れないように固定されている。

「無事か!?　怪我はないか！」

「――はい！」

ＳＰたちからロープを渡され、桜と八神が乗るボートもまた、はぐれないように寄り添った。

これだけでも安心感が増す。

雨は降り続けるも、ひどくはならない。救助を待つには、せめてもの救いだ。

「すぐに救助が来るから、今しばらくの辛抱だぞ」

だが、そんなときにボートから身を乗り出し、さらっと言ってきたのはハビブだった。

「近くに船が？　それとも軍か何かが？　え？　でも、どうしてそんなことを」

この状況で最後まで交信できたとしたら、ブリッジにいたクルーだけだろうと思うのに、ハビブはその手に握っていた携帯電話を見せてきた。

「すでに部屋を出るときには、俺が呼んでいたからだ」

「衛星携帯!?」

突き抜けたＶＩＰは護身にも余念がない。

何から何まで準備万端すぎて、この分では自前の船でも呼びつけたのだろうかと思う。

だが、そんな桜の行きすぎた想像さえ、ハビブは更に超えてきた。

「あ、来たみたいだな」

「――え⁉」

ほら、と指をさされて、桜は二の句が継げなくなった。

遠からず近からずのところで、何かが海の中から姿を現した。

しかも、通り雨ですんだのか、いっときはあたりを暗闇に包んでいた雲が流れて明るくなってくる。その姿は、まるでご来光だ。

（せ……、潜水艦？）

しかし、波を荒立てないよう静かに姿を見せたそれは、どう考えても、黄金色には不似合いな鉄の塊だった。

「ハビブ様！　お待たせいたしました。こちらは試作品ですが、一番近くにおりましたので救助に馳せ参じました！」

潜水艦が姿を現すと、乗組員らしき部下が拡声器片手に声を張り上げた。

「ご……、豪華客船、潜水艦バージョン」

「彼の部下は本気だったのか⁉　というか、ハビブは〝造れ〟と命じていたのか⁉」

これにはフォールとクレイグも目を見開いた。八神や周りの避難者たちも呆然だ。

たった今起こった事故や悲劇の衝撃さえも、このおかしな事態に吹き飛ばされそうになっている。

「いや、待てクレイグ。あの形は塗装を変えてるけど日本製だ。多分、自……。いや、なんにしても日本国内で使用されるはずの潜水艦だったんじゃないのかな？」

しかも、更に聞き捨てならないことがフォールから発せられた。

潜水艦の利用目的なんて、そうざらにあるものではない。

少なくとも桜には、日本国内での使用目的なんて一つしか思い当たらない。

これは聞かなかったことにしてしまう。

「技術提供を受けてこれから製作するよりも、まずは今あるものを買って改造したほうがてっとり早くて安上がりという結論に達したんだろうね。そうでなくても日本の潜水艦の高性能かつ潜水力は、米国海軍が絶賛しているレベルだ。余計な装備を外したとしても、客船としてなら申し分ないだろうし、金銭感覚がどうかしているハビブの部下らしいよ。ただし、売ったほうも従来の価格では手放してないだろうけど……」

クレイグは冷静に分析、解説してくれたが、ＳＰたちが普通に消音銃を携帯しているハビブの命令での買い物だ。ミサイルの一発や二発は抱えているのではないかと疑ってしまう。

「——だとしても、製作した会社はこの金ピカの塗装を見たら号泣じゃない？」

「確かに。黄金のマハラジャ仕様って感じかな。センスがよすぎて、ちょっと我々は乗艦を躊躇うレベルだけどね」

だが、フォールとクレイグにとっての最重要議題は、ご来光も真っ青な黄金色の塗装らしい。

しかも、「わぁ」と身を乗り出したマリウスが更に衝撃的なことを言い出した。

「でも、あれ。クジラさんだったらよかったのに」

「塗り替えるか？」

「うん！」

桜には、もはやついていける部分がどこにもない。

水族館所有の観光用ならまだわかるが、本体は正真正銘の潜水艦だ。

これには八神どころかＳＰや犬猫たちまで口を噤(つぐ)んだきりだ。

「塗り替えたら少しはマシになる……、のかな？」

「ラグジュアリー号からは、遠のくだろうけどね」

桜は、最後まで話に乗っていたフォールとクレイグのすごさを改めて知る。

（なんかもう、とりあえず助かったから、どうでもいいか）

それでも最後はこんな感想にしか辿り着けなかった。

もちろん、こうして命がある、愛する者たちが無事である以上に、大切なことなどないのは理解していたが――。

エピローグ

すべてが奇跡的な確率から起こったとしか思えないファーストプリンセス号の海難事故は、後日、武田が推測したとおり隕石の直撃による船尾損傷が原因と明らかになった。

予想回避不能な事態に、船体こそ東シナ海の底へ沈んでしまったが、事故による死者はゼロ。負傷者も数名、しかも比較的に軽傷者のみという結果から、日頃の安全管理と的確な避難誘導に対して、世界的な高評価を受けた。

だが、その事故現場にもっとも早く向かい、また救助支援にも当たったハビブの潜水艦に関しては、なぜかどこの誰も触れずにいる。

徹底(てってい)した箝口令(かんこうれい)なのか、裏金の力なのか。はたまた直に見ていたであろう乗客やクルーたちでさえ、あまりの出来事に夢か幻と判断したのか、桜にとっては摩訶(まか)不思議な現実だ。

それでも、これから開催されるらしい香山と中津川の今更披露宴。もとい、急遽(きゅうきょ)変更となった〝ファーストプリンセス号関係者を慰労激励する会〟ほどではなかったし、八神やマリウスたちの素性ほどでもなかったが――。

――ホテル・マンデリン東京・スイートルーム。

無事に帰国することができた桜が唖然としたのは、船上で八神から「改めて相談しよう」と言われていた内容の冒頭からだった。

「八神マリウス。実名はマリウス・ファン・デン・ベルフ。北欧の小国ながらも世界屈指の富裕国、ベルフ国王の後妻に産まれた第二王子にして、現在前妻の子である第一王子との王位継承争いに巻き込まれて、国外生活中。しかし、騒いでいるのは第一王子側の人間だけで、マリウス側はほとぼりが冷めるのを待っている状態。解決次第帰国のため、今しばらくは側近たちと日本にいる予定――。って、SPの半分はマリウスのSPだったんだ」

滞在先のホテルに招かれ、二人きりで話を聞くも、すぐにメモを取り出す始末となった。

改めてキスからという、甘い期待さえ吹き飛ぶ。

一通りの現状説明を終えた八神を前に、一人でメモを読み上げながら、内容の確認中だ。

「八神魁。実名、カイ・ファン・デルデン公爵閣下。ベルフ王家の血族公爵様にして、代々王家に仕える側近家系。医師免許取得のSP――。現在はマリウスの側近にして保護者代わり。しかも、公爵家当主様でもあらせられる」

海難事故発生時、確かに八神やSPたちから「王子」「閣下」という敬称を耳にしたのは記憶にあった。

だが、あの時点では、気にする余裕など皆無だった。

仮に今、そういえばそんなことも言っていたな――と思ったところで、桜自身にはベルフ国と言われてもすぐにはピンとこない。もともと聞き馴染みのない国だったことから、実はとてつもなく裕福で、ハビブと同等の資産を持つような王家の王子様が「さっくらちゃ～ん」と懐くとは思わなかったのもある。

しかも、こうして今後の相談をしてきた八神の立場が、またすごい。

平均的なサラリーマン家庭で生まれ育った桜にとっては、シンデレラストーリーどころの騒ぎではない。それこそ一個人で隕石に激突されたほどの衝撃的なロマンスの副産物だ。

こうなると、最初から最後まで大富豪全開だったハビブが普通に見えてくる。

一ヶ月かけて慣らされて、トドメが潜水艦というファンタスティックな乗り物を用意された効果も大きいが。いずれにしても想定や想像ができる範囲内での物事や肩書のほうが、受けた衝撃の加減もわかりやすいということだろう。

それだけに、フォールとクレイグもまた、桜にとっては理解できる衝撃的な人物だ。

「でも俺にとっては、ある意味一番意表を突かれたのがフォールだよな。まさか欧州のホテル王と呼ばれるピエロ・ル・フォール本人だなんて考えてもみなかった。しかも、クレイグが英国屈指の不動産王の一人、ロイド・クレイグ本人。ハビブの桁外れさに目を奪われていたのは確かだし、同姓同名も多いとはいえ、自分の勉強不足に泣きが入る」

今にして思えば、仕事柄、名前ぐらいは知っている人物たちだった。

特にフォールは、香山が仕事で自ら行き来をするような欧州ホテルチェーンのオーナーだ。どうりでクレイグたちの話の中にも、香山の名前が出てきたわけだ。

彼らは桜が香山配膳からの派遣とは知らずに接していたが、もともと香山本人と交流がある人物だった。

それも、好みが似ている、趣味がどうこうというのも、聞けば三人ともが若き日の香山にアタックしていて、「ごめんなさい」をされた者同士だという。

ハビブを通してフォールやクレイグと友人になった八神だけは、まだ香山には会ったことがないとの話だが、桜にしてみればここだけは何をどう返していいかわからない話題だ。

好みだけで言うならば、自分の恋愛の入り口がハビブたちと同じなのかというのも、そうとうショックだ。

もっとも、この場合は「単に香山社長がすごいだけだ」という逃げ道があるが。桜自身がその香山と同じようなアタックを彼らから受けたのかと思うと、やはり八方塞がりだ。

この件に関しては、丸ごと聞かなかったことにするのが、一番いいと思える。

とはいえ――。

(なんか、もしかしたら俺のこの半月間って、実は香山社長を軸に回っていたんだろうか？　しかも、ハビブたちが日本へ行く目的も今更披露宴の参加のためで――。それも大口のスポンサーだったとか、もう縁がどうこうというより呪いな気がする。こう言ったらアレだけど、そんな披露宴のサービスに当たらなくてよかったと思い込むしかない。場合によったら、俺がハビブたちの席担当だったたってことじゃないか。そんな、恐ろしい……。ロマネの悪夢が蘇るだけだ。料理だって、とんでもないレベルだったかもしれないし)

桜が一通りの話を理解し、納得したところで、溜息以外に出るものなどなかった。

その様子を黙って見ていた八神にしても、同様だ。

だが、だからといって、ここで話をやめるわけにもいかない。

「それでね、桜」

「――あ、はい」

「私としては、しばらくはマリウスの安全を第一に、この日本にいようかと思う。できれば君にも傍にいてほしいし、いずれはベルフにもついてきてほしいと願っているんだが……。多少の希望は持てるだろうか？」

八神は、ソファに隣り合って座っていた桜の片手を取ると、まずは自分の胸に引き寄せた。

ありのままの気持ちを言葉にしてぶつけてきた。

「もちろん。昨日今日付き合い始めたばかりで、そんな先のことなんて――って、思われるのは仕方がない。実際、もっと互いのことを知っていくのはこれからだろうし。私としては、それなりに悩んだすえに告白したので、そうそう気持ちが変わることはないんだが」

希望と同じほどあるだろう不安も包み隠さず、誠実に――。

「でも、俺はわからない？　変わると思ってる？」

「桜」

桜は、自分の手を取る八神の手を引きながら、今度は自身の胸に引き寄せる。

高鳴る鼓動を感じてもらい、またその意味を伝える。

「――正直言えば、俺からしたら、そういう次元の問題じゃない。魁の相手が俺でいいの？　とか。他人が聞いたら、そんな話に乗るお前が馬鹿なんだって言われてもおかしくないレベルの問い合わせを受けてる状態だ。だって、俺は魁に何ができるの？　好きだって気持ちと、接客スキルぐらいしかないんだよ。そりゃあ、マリウスと遊ぶことぐらいはできるかもしれないけど——。医者でＳＰで公爵様の魁の傍にいるのが、本当に俺でいいわけ？」

するとと、八神の手が桜の胸元をすり抜けた。

今度は姿勢ごと変えて、伸ばした両手で抱きしめてくる。

「私の思いに応えてくれる、私を好きで愛してくれる気持ち以外はいらないよ」

「——」

「そりゃあ、君のサービスは最高だ。どんな国の要人にも自慢ができるし、私自身だって朝食のプレートを一枚出してもらうだけでも、一日が素晴らしいものになる。マリウスなんて、一緒にいてくれるだけで大はしゃぎだろうし——。でも、そういうことじゃないんだよ」

きつく、緩く。桜の背に回された彼の腕から、言葉以上にもどかしさが伝わってくる。

どうしたら自分の気持ちが理解してもらえるのだろう？

本当に必要なものがわかってもらえるのだろうか？　と。

「私は、私だけを愛してくれる君に傍にいてほしい。それと同時に、私が一生かけても傍にいたい、愛していきたいと思える君の傍にいたいんだ」

「——魁」

桜は、自分からも彼の背に両腕を回した。

今だけは、抱きしめ返す以上に、返せる思いも伝える思いもないような気がしたからだ。

「だから、どうかイエスと言って。私に君という、希望を与えて――」

「イエス……。俺でよければ」

思いが通じ合いさえすれば、こんなにも簡単な言葉だけでホッとする。

伝わり合う鼓動の中に、愛の囁きを感じる。

「ありがとう。桜」

「お返しに、俺にも約束してほしいな」

「――愛の誓い？」

ただ、あまりに照れくさくなり、桜は八神に身を寄せ、笑ってみせた。

「ううん。もう、隕石の確率とかタイタニックとか、迂闊なことは言わないって。とりあえず、魁の言葉は、いろいろ本当になってしまうから」

一瞬、八神もハッとしたようだった。

しかし、すぐに「了解。約束するよ」と返してくれた。

「私は近い将来、桜と結婚して一緒に暮らす。一生桜を傍へ置いて離さない。昼も夜も愛し愛され続けて、桜と同じほど私も幸せになる」

「……魁」

「いいよね、桜」

愛の誓いを含めた未来の予告、優しくも熱い口づけと共に――。

あとがき

こんにちは、日向(ひゅうが)です。お手にとっていただきまして、誠にありがとうございます。本書は明神(みょうじん)翼(つばさ)先生の素敵なイラストでお届♡な、香山(かやま)配膳シリーズの第五弾です。受けか攻めが香山配膳のサービスマンというリンク作で、毎回主役が替わる読み切りタイプです。なので、どこからでもカモンですので、よかったら別のお話も読んでいただけると幸いです。

さて、そんな中。今回は初の試みで、舞台を陸から海に移しました。豪華客船という四文字に乗せて、シリーズ最高のキラキラなラブバカンスをお届け！　というテーマでスタートしたのですよ。プロットだけは!!

まあ。実際に書き始めたら、いつものノリです（汗）。

豪華客船資料を集めて読み耽るうちに、どんどん私の心が船底の薄暗いスタッフルーム及び、フロアに引き寄せられていきまして。おそらく世間一般で豪華客船と聞いたら、南十字星の下で愛の語らい♡ウフフのイメージだと思うのですが。どうしてか私が書くと、ストレスマックスの中間管理職が青のパノラマに辟易(へきえき)。イケメンセレブたちのアプローチにも靡(なび)くことなく仕事に奔走。ちびっ子＆わんにゃんに埋もれて癒やされるという、なんとも独自なクルージングラブストーリーになります。おかげで、キャララフをいただいてからは大反省でした。私は「戦国客船東シナ海の乱」とかってはしゃいで、ここまでイケメンの無駄遣いをしてしまったのか！　と（涙）。特にフォールは「前髪ウェ～ビ～♪」と、自分の中では笑いを誘うキャラだったのですが、絵になるとメッチャカッコいい！　ハビブもクレイグも今すぐハニーを見つけてあげたい男前！　画面から漲る色気に懺悔しっぱなしなわけでして……。そんな中でも、生真面目な魁が、ちびっ子＆わんにゃんのキュートオーラさえ味方に付けて、これまた生真面目な桜を抱き寄せている表紙は絶品です。この辺りのキャスト的には、まさに豪華（キラン）客船です。それにも関わらず、私は某物体の確率計算に明け暮れたわけですが。この内容を終始支えてくださった新担当様にも本当に感謝です。私の話は周囲の支えと寛大なお心なしには成立しません。

最たる支えが読み続けてくださっている読者様なのですが！

そんなこんなで、今後も王道（？）を歩みつつも、どこか日向らしいクスクス＆ほっこりなストーリーをお届けできたらなと思っております。

またクロスさんで、他のどこかで、お会いできましたら幸いです。

http://rareplan.officialblog.jp/　日向唯稀

CROSS NOVELSをお買い上げいただき
ありがとうございます。
この本を読んだご意見・ご感想をお寄せください。
〒110-8625
東京都台東区東上野2-8-7　笠倉出版社
CROSS NOVELS 編集部
「日向唯稀先生」係／「明神　翼先生」係

CROSS NOVELS

豪華客船の夜に抱かれて

著者

日向唯稀

2017年10月23日　初版発行　検印廃止

発行者　笠倉伸夫
発行所　株式会社　笠倉出版社
〒110-8625　東京都台東区東上野2-8-7　笠倉ビル
[営業]TEL　0120-984-164
FAX　03-4355-1109
[編集]TEL　03-4355-1103
FAX　03-5846-3493
http://www.kasakura.co.jp/
振替口座　00130-9-75686
印刷　株式会社　光邦
装丁　磯部亜希
ISBN　978-4-7730-8860-1
Printed in Japan